あたしとひぐっちゃんの探偵日記《ダイアリー》

【先生は誘拐犯？】

櫻井とりお
SAKURAI TORIO

小学館

もくじ

1 おかえりっ！

「もうもうもうもう、信じらんない！」

夕暮《ゆうぐ》れの台所で、あたしは叫《さけ》ぶ。

「あたしが頼《たの》んだのは、モンブランと、チョコレートと、プリンアラモードと、梅ゼリーと、いちごのショートケーキだよ」

開いた箱の中にあったのは、シュークリームと、アップルパイと、チーズケーキと、ブルーベリータルトだ。

「ご所望どおり、はるばる駅向こうのシャロンまで行って、買ってきただろうが」

「数も種類も全部ちがってる。ねえ、わざとやってるでしょ？　ねえねえねえ！」

「みずき、おまえ牛かネコかどっちかにしろよ。もうもうにゃあにゃあ、うるせえな」

あたしはどん、と床《ゆか》をふんだ。

「あたしは牛でもネコでもない！　見てのとおり小学五年生のかわいい女子ですけど！」

「はあ、それはちっとも存《ぞん》じませんでしたあ」

ひぐっちゃんはあたしにケーキの箱を押《お》しつけて、向こうの茶の間に行く。ごろんと畳《たたみ》に寝転《ねころ》んだ。

「いや、おまえが電話でケーキのオーダーしてきた直後に、悪者がおそってきて殴《なぐ》り合いになっちゃってさ。当然やりかえした。けどお使いに関しては、記憶《きおく》に一時混乱《こんらん》が生じたんだなあ……あれ、信じてないの？」

おっさんにくっついていって、あたしも茶の間の畳《たたみ》に座《すわ》る。

「なんで、駅前商店街で悪者におそわれんの？」

ひぐっちゃんはリモコンをとってテレビをつけた。夕方のニュース番組をやってる。

「今年も残り少なくなりました。商店街は、年末の買い出しのお客さんでごった返していまーす」なんて、レポーターのおねえさんが、わざわざ人ごみの中から中継《ちゅうけい》してる。

「まあ、名探偵《めいたんてい》っつうのは、危険《きけん》ととなり合わせの仕事だからな。詳細《しょうさい》は秘密《ひみつ》だけど」

テレビを見ながら、ひぐっちゃんは背中《せなか》をぼりぼりかいた。

こんなんだけど、ひぐっちゃんはあたしのおじさんだ。おっさんのくせに、「おじさん」って呼《よ》ぶと怒《おこ》るから、あたしは「ひぐっちゃん」って呼《よ》んでいる。

麦わらみたいな長い金髪《きんぱつ》を後ろで結んで、顔や体は傷《きず》だらけ。目つきは悪いし、外に行くときは冬でもサングラスをかけて、夏でも小汚《こぎたな》い長いコートを着てる。

そのへんをうろうろしてたら、不審者《ふしんしゃ》だと思われて通報《つうほう》されても不思議じゃない。

あ、もしかして「悪者」って、おまわりさんのことだったりして？

自分のこと「名探偵《めいたんてい》」だとか「正義《せいぎ》の味方」だとかいってえばってるけど、あたしが見たところ、最近は探偵《たんてい》の仕事なんて全然してない。バイトもこないだやめちゃったし。

ひぐっちゃん、もうちょっと生活をちゃんとしてほしい。おばあちゃんとおじいちゃんを安心させてあげてほしい。あと、頼《たの》んだケーキくらい正確《せいかく》に買ってきてほしい。

あたしのおばあちゃんとおじいちゃんは、おとうさんとひぐっちゃんの親で、えっと、あと、おとうさんはあたしが保育園《ほいくえん》のときに死んじゃった。だからあたしはおとうさんのこと、あんまり覚えてない。仏《ぶつ》だんに置いてある、写真の中のおとうさんはとてもマジメで頭よさそう。

その写真のおとうさんの髪《かみ》を、長くのばして金髪《きんぱつ》にして顔じゅうに謎《なぞ》の傷《きず》をいっぱいつけたら、ひぐっちゃんになるらしい。おとうさんの二歳《さい》上のおにいさんで、長い間行方不明？　ていうかあちこち旅してたらしいんだけど、今年の五月に、急に近所のたこ公園から出てきたんだ。


あたしはふん、と大きな鼻息をはいて、台所へもどった。

「はいそうですかー。でもケーキ一個《こ》足んないから、ひぐっちゃんの分はなしだねえ」

「はあ？」

ひぐっちゃんは叫《さけ》んで、ごろんとあたしにふりむく。

「ってなんでよ、ちゃんと四個《こ》あんじゃん、ばあさんと、じいさんと、おれと、みずき。我《わ》が家《や》のオールスター全員集合でしょ？　ともかく、ケーキの金と配達料払《はら》えよ」

手のひらを差し出して、そこでやっと気がついたみたい。起き上がって、台所をのぞく。

「客？　誰《だれ》か来んの？」

おばあちゃんはうやうやしい手つきで、冷蔵庫《れいぞうこ》から牛肉を出したところだ。

「じゃーん！」

自慢《じまん》げに見せたのは、いつものスーパーのパックじゃない。なんかしぶい紙の包みで、お肉一枚《まい》一枚《まい》の間にビニールの仕切りが入ってる。

「おあ、大川精肉店《おおかわせいにくてん》！」

ひぐっちゃんはじっとお肉をにらんだ。名探偵《めいたんてい》、やっと推理《すいり》を開始したらしい。

「我《わ》が家《や》の経済力《けいざいりょく》からいって……なんにもない日に大川精肉店《おおかわせいにくてん》は、ありえない」

あたしはおばあちゃんのとなりへかけてって、そろってひぐっちゃんをふりむく。

同時に腕《うで》を組んで、にやっと笑った。

「なんだよ、おまえらそのポーズ、流行《はや》りのラーメン屋かよ」

ひぐっちゃんは一応《いちおう》ツッコんだけど、だんだん意味がわかってきたみたい。

「ひぐっちゃんには、ないしょにしてたんだ」

あたしがすばやく、おっさんのデニムの後ろをにぎった。

「あんたが逃《に》げ出すと、めんどくさいからさ」

おばあちゃんも、息子のえりくびをぎゅっとつかんだ。

ひぐっちゃんの顔がぴくっとけいれんする。

そのとき、インターホンが鳴った。

「ほうれ、ちゃんとあいさつするんだよ」

あたしとおばあちゃんとで、おっさんを玄関《げんかん》に引きずっていく。

「ただいま」

そこには、正真正銘《しょうしんしょうめい》の、リアルの、本物が立っていた。

声のかぎりにあたしは叫《さけ》ぶ。

「おっかえりい――――!!」

ひぐっちゃんをつきとばしてダッシュ、はだしでぽーんとふみきる。

そのまま飛んで、がっしりだきついた。どっか南の島のおサルそっくりだったと思う。

「おかあさ――――ん!!」


でも、それってそんなに、わけわかんない話じゃないの。

だって、あたしのおかあさんが帰ってきたのは、えっと、出かけたのが四月で、今は十二月だから、うーんと……八か月ぶりなんだから。

うちのおかあさんは大学の先生で、じん、人類学？　なんかそういう研究をしてる。

だいぶ昔に一回だけ、あたしはおかあさんの職場《しょくば》に行ったことがある。大学だって聞いたけど、部屋じゅうぎっしり、茶色のがいこつや骨《ほね》が積み重なってて転がってて、あたしは小っちゃかったから、こわくて泣いちゃって外に逃《に》げちゃった。

でも、おかあさんの研究はとても大事らしい。だって、ほかの地方や外国の、大学や博物館からちょくちょく呼《よ》ばれるんだもん。そいで、そのたんびにおかあさんは、あたしをおばあちゃん家に預《あず》けて出張《しゅっちょう》に行っちゃう。

今回は、アメリカのフィラデルフィアっていう街の博物館にずっと行ってた。こんなに長い出張《しゅっちょう》は初めてだったんだよ。

「うわ、おも、おも、重いー！」

叫《さけ》びながらも、おかあさんは南の島のおサルみたいなあたしを、ぎゅうっとだきしめてくれた。そのまま、ぶるんぶるんと左右にふりまわす。

「みずきー、ごめんよー、半年もほっぽらかして」

「半年じゃないよ、八か月！　八か月もほっぽらかされたよ、ひどいよ、おかあさん」

ほんとのところ、さっきのさっきまでわかんなくなってた。頭の中に描《えが》いたおかあさんが、本物なのか、あたしが想像《そうぞう》したキャラクターなのか、考えるほどぼんやりだった。

あたしは思いっ切りおかあさんの首すじやおっぱいや肩《かた》に顔を押《お》しつけて、思いっ切りにおいを吸《す》いこんだ。

本物のおかあさんは、あたしの想像《そうぞう》のおかあさんより、ずっときれいで元気だった。においもやわらかさも想像《そうぞう》よりもずっとずっとすてきだ。

「あはは、ほんとに大きくなったね、もう降参《こうさん》だあ」

おかあさんはあたしをだいたまま玄関先《げんかんさき》に座《すわ》りこむ。

「「きゃあああああははは」」

ふたりとも大笑いしながら、なだれみたいにくずれてあおむけに倒《たお》れた。

でも、おかあさんはおばあちゃんに気がついて、きちんと立っておじぎした。

「お義母《かあ》さん、今回は本当に長い間、みずきがお世話に……」

おばあちゃんはうんうんって笑ってうなずく。

「鏡子《きょうこ》ちゃん、早いとこ上がって。疲《つか》れたでしょう。みいもいいかげん起きなさい」

「てへー」

あたしは頭をかきながら起き上がったけど、おかあさんの後ろにぴとっとくっつく。もう絶対逃《ぜったいに》がさないんだから。

そこへおじいちゃんも出てきた。

「お帰り、鏡子《きょうこ》さん。いやいや大変ご苦労さまだったね」

おかあさんと握手《あくしゅ》をした。

おかあさんにくっついたまま、あたしはちらっと廊下《ろうか》のほうを見た。

よかった。逃《に》げてなかった。ひぐっちゃんは壁《かべ》にもたれて、なんとなくあたしたちのほうを向いていた。気のせいか、おかあさんをあんまり見ない。

でも、おかあさんはちゃんとひぐっちゃんを見た。

「丈一《じょういち》、久《ひさ》しぶり」

おかあさんがいったのに、ちょこっとうなずいただけだ。ひぐっちゃん、別の人みたい。

おばあちゃんが息子に命令する。

「丈一《じょういち》、鏡子《きょうこ》ちゃんのスーツケースを二階に上げて。ちゃんと下の車んとこをふくんだよ」

「いえ、自分でやります」

遠慮《えんりょ》するおかあさんを押《お》しのけて、ひぐっちゃんはスーツケースを持ち上げる。そのまだまって階段《かいだん》を上がっていった。たぶん、下のキャスターんとこはふかないと思うな。

外はこがらしが吹《ふ》いて寒いけど、おばあちゃんの台所は湯気もうもうで暑いくらいだ。

ダイニングテーブルの上では、お肉やねぎやしらたきや焼《や》き豆腐《どうふ》がぐつぐつ煮《に》えている。

すき焼きはとってもおいしかった。

けど、あたしはそれどころじゃない。おかあさんに、おかあさんがいなかったときのできごとを報告《ほうこく》するのに夢中《むちゅう》だ。言葉があとからあとからあふれちゃって止まらない。

特に、五月のたこ公園に現《あらわ》れた不審者《ふしんしゃ》が、実はおじさんのひぐっちゃんだったとこからは、絶対《ぜったい》にちゃんと聞いてもらいたかった。そのあとの消えたテディベア事件《じけん》とか、みずきさんさらわれたかもしれない事件《じけん》のことも、ちゃんと話さないと、絶対《ぜったい》。

おかあさんはあたしがどんなにうるさくしゃべっても、前後が入れかわったり、オチがなかったりしても、ちゃんと聞いてくれた。おかしなときはにこにこして、ピンチのときにはぞっとしたり心配したり、ひどいときにはいっしょに怒《おこ》ってくれた。

あんまり長くしゃべったんで、のどがかれちゃった。あたしは冷蔵庫《れいぞうこ》から冷たい麦茶を出して飲んだ。そこで、やっとテーブルのはしっこのおっさんに気がついた。

そういえばひぐっちゃん、逃《に》げはしなかったけど、とにかく静かだ。ひたすらすき焼きを食べている。ときどきおかあさんが話しかけるんだけど、首をかしげたり、ちょっと口のはしを曲げたりするだけで、ほとんどまともにしゃべらなかった。

変なの。

すき焼きがすっかりなくなると、おばあちゃんが緑茶とケーキを出した。

包み紙を見て、おかあさんはぱあっと笑った。

「わあ、シャロンだー。こういうケーキって、アメリカにないのよ、うれしー！」

ぱあっと笑うおかあさんは、とってもきれいだ。横で見てて、あたしはどきどきした。

でも、おかあさんが一番好きないちごのショートケーキがなくて、すっごく残念。それがあったら、もっともっと喜《よろこ》ばせられたのに……まったく、誰《だれ》のせいだ？

でも、うれしいことはたくさんある。ありすぎなくらい。ケーキを食べながらも、あたしはひたすらしゃべりまくって、ひたすら笑った。

そのせいか、ケーキもお茶もなくなったころ、あたしはなんだかぼうっとしてきた。まるでかぜで熱が出たときみたい。おかあさんにもたれてやっといすに座《すわ》ってるって感じ。

おかあさんはあたしの顔をのぞきこむ。おでこやほっぺにやさしく手をあてた。

「疲《つか》れたんでしょ。もう寝《ね》なさい、みずき」

「えー？　もう？」

あたしは赤ちゃんみたいにおかあさんの腕《うで》にしがみついて、ぐにゃぐにゃゆする。

「なら、おかあさん、今日はいっしょに寝《ね》ようよう」

「あのかわいいベッドで？　つぶれちゃうよ」

おかあさんは笑ったけど、おばあちゃんがすかさずいった。

「だいじょぶだあ。ベッドの横にお布団《ふとん》しいといた。鏡子《きょうこ》ちゃんは、みいの部屋に泊《と》まりなさい。みいの支度《したく》もあるし、マンションには明日ゆっくり帰ればいいじゃない」

「実は、そのつもりでした」

って、おかあさんは肩《かた》をすくめた。


いつものあたしの部屋のあたしのベッドで、あたしはぱちんと目を覚ました。

まだ朝じゃない。あたりはしんと暗い。カーテンのすき間から、夜の光が差している。

はっとして、あたしはベッドから起き上がった。

ベッドのすぐ下のお布団《ふとん》に寝《ね》てたはずの、おかあさんがいない。

一瞬《いっしゅん》、全部が夢《ゆめ》だった？　とか思ってあせったけど、そうじゃない。かけ布団《ぶとん》はたたまれて、しき布団《ぶとん》と枕《まくら》にはおかあさんのへこみがあった。部屋のすみには、大きなスーツケースもちゃんと置いてある。

「よかったー」

あたしはほっと息をついた。とたん、ぞくぞくって体じゅうがふるえた。

これはつまり……おしっこがしたい。


廊下《ろうか》に出たら、はだしの裏《うら》がぴりっと冷たい。

でも、それはすぐ気にならなくなった。

向かいの部屋の戸が半分開いてたからだ。中からきれぎれに、ひそひそ声が聞こえた。

「そいつと……るのか」

「まだ、……だし……」

誰《だれ》と誰《だれ》が話してるのかがわかって、あたしの眠気《ねむけ》はふっとんだ。

そうっと戸にくっついて、そうっとしゃがみこむ。そうっと、すき間に顔をくっつける。

ここはひぐっちゃんの部屋だ。明かりはついてないけど、外の青い光が差しこんで、部屋の中はけっこう明るい。

ひぐっちゃんの部屋にはとにかくものがいっぱいある。床《ゆか》に散らばってたり積み重なってたり、ジャングルみたいになってるけど、なんとか中が見えた。

奥《おく》の窓《まど》が全開だ。ひぐっちゃんは窓《まど》わくに乗って、ひざを立てて座《すわ》っている。この寒いのに、上は長そでのTシャツだけで、下はスウェットのズボン。

窓《まど》の横の壁《かべ》に、肩《かた》から毛布《もうふ》をすっぽりかけた人がもたれていた。

おかあさんだ。

ふたりとも赤いお酒？　の入ったグラスを持っていた。

なんだかひどく大人っぽくって、あたしは変な気がした。

そりゃ、ふたりともりっぱな大人のはずだけど、そんなふうに思ったことが一回もなかった。おかあさんはおかあさん、ひぐっちゃんはひぐっちゃんにしか見えないから。

ひぐっちゃんは窓《まど》の外を、おかあさんは手もとのグラスを見てる。

そんなふうに別々《べつべつ》の方向を見ながら、ふたりはぼそぼそ話していた。声が小さくて、あたしにはよく聞こえない。

そのうえ、あたしの心臓《しんぞう》がどきどきうるさくて聞こえづらい。思わず身を乗り出して、耳をすませた。

「おや？」

ひぐっちゃんがこっちを向いて、にやっとする。

おかあさんも顔を上げた。

「おやおや？」

毛布《もうふ》を肩《かた》からかけたまま立ち上がって、こっちに来た。がらりと、戸を全部開く。

あたしは小さくなって、廊下《ろうか》に正座《せいざ》していた。

「まあ、立ち聞きだなんて、お行儀《ぎょうぎ》のいいこと、みずきさん」

怒《おこ》ってはないみたいだけど、おかあさんの声はちょっとあきれている。

「えっと、別に、立ち聞きするつもりじゃなくて……だから座《すわ》ってるし」

ってあたしがいったら、おかあさんは声を立てて笑った。

窓《まど》わくの上で、ひぐっちゃんも笑いだす。

「心配だったんだろ？　安心しろ、みずき。おまえのかあちゃんをおそったりしねえよ」

まだ笑いながら赤いお酒を飲みほした。

「おれだって、命は惜《お》しいからな」

おかあさんがちらっとひぐっちゃんをふりむく。

「あら、少しは学習なさったのね」

そこで、ふたりは同時に静かに笑った。

まるで、秘密《ひみつ》の宝《たから》のありかを知ってる仲間どうし、みたいな笑い方だった。

あたしはなんだかもやもやした。仲間はずれにされたみたいな、ズルされたみたいな。

ひぐっちゃんはボトルを取り上げ、自分のグラスに赤いお酒を注いだ。

「高級ワインをごちそうさま、鏡子《きょうこ》さん。お礼に明日は車出すよ」

「よろしく。飲みすぎないでよ」

おかあさんは毛布《もうふ》をたたんで部屋のすみに置く。自分のグラスを持って廊下《ろうか》に出てきた。

あたしはおかあさんのスウェットのはしをにぎる。

「おかあさん」

おかあさんはあたしを見て、ぱちりとまばたきした。

「なあに」

急に恥《は》ずかしくなって、耳が熱くなる。あたしはできるだけ小さい声でいった。

「トイレ、ついてきて」

くすくす、おかあさんは笑いだす。くしゃくしゃって、あたしの髪《かみ》をかきまわした。

「私《わたし》とおんなじくらいの背《せ》になったのに、急に赤ちゃんにもどっちゃったんだ。じゃあ、おかあさんもトイレ行くから、その間は、みずきがオバケを見張《みは》っててよ」

「オバケなんていいるわけないじゃん」

あたしは、おかあさんのスウェットのはしを、もっとぎゅうっときつくにぎった。

さあさあさあ……さあさあさあ……。

静かな音で目が覚めた。

これはきっと雨。外では冷たい雨が降《ふ》ってるんだ。

真夜中なんだか朝なんだか、わかんないくらい暗い。

「おはよう、みずき」

おかあさんはもう起きてたみたい。ぱちんと部屋の明かりをつけた。

着《き》がえをすませて、おかあさんといっしょに一階に下りたら、めずらしくひぐっちゃんが先に台所にいた。

おばあちゃんとおじいちゃんもいる。五人そろって、ほかほかのバタートーストと目玉焼きを食べ、熱々《あつあつ》の野菜スープも飲んだ。

それから、あたしは部屋にもどって荷造《にづく》りした。教科書とかノートとか学校の道具はランドセルに、着替《きが》えとか野球のグローブは大きな手提《てさ》げに押《お》しこむ。

おかあさんとあたしは、あたしのほんとのおうちへ帰る。

けど、おばあちゃんの家にいた時間が長すぎて、なんだか「帰る」って感じがしない。これから旅行で、おかあさんのマンションに「泊《と》まりに行く」って感じだ。

細かい雨に打たれながら、コートを着てサングラスをかけたひぐっちゃんはきびきび働いた。おかあさんやあたしの荷物を、どんどん車に運ぶ。

全部を車の後ろに入れてから、ふざけた動作といい方であたしに聞いた。

「お忘《わす》れ物《もの》はございませんか？　お姫《ひめ》さま」

車の横に立って、あたしは自分のスニーカーをじっと見ていた。

「あってもいいの」

ひぐっちゃんはあっさり答えた。

「ま、近いからな」

「何それ」

あたしがにらんだら、ひぐっちゃん、ちょっと不思議そうな顔をする。

「何怒《おこ》ってんの？　みずき」

そんなの、自分でもよくわかんない。だから、あたしは口を閉《と》じて何もいわなかった。

ひぐっちゃんは車の後ろをばたんと閉《し》め、運転席に座《すわ》った。

「そんじゃ、出発しますよ。お姫《ひめ》さまがた、とっととお乗りあそばせ」

「ああ、待って、待って」

おかあさんがかけてきて、後ろの席に乗った。

あたしは助手席に乗りこんで、窓《まど》のガラスを全部開いた。大きく身を乗り出す。玄関《げんかん》から出てきたおばあちゃんとおじいちゃんに、ぶんぶん手をふった。


マンションには、あっという間に着いた。実に八か月ぶりだ。

「中がどうなってるか、ちょっと心配」

郵便《ゆうびん》受けのテープをはがしながら、あたしはいった。

「みずき、一度も中見てないの？　週に一度くらいは風通しておいてって頼《たの》んだのに」

おかあさんは、あきれたふうな声だ。

「節足動物的な何かが、大量発生してたらどうするのよ」

「え、せっそくって？」

「まあ、わかんなくていい。でも、ちょっとぐらい見てくれたらいいのに」

「それは……この春から秋にかけて、あたしもいろいろあってさ。昨日話したやつより、もっといろいろあったんだ」

それに、マンションの鍵《かぎ》を持ってるのは、あたしだけじゃないし。きっとその誰《だれ》かさんがちゃんといろいろしてくれただろうし……っていおうとしたけど、あたしはだまった。ちょうどそのとき、大きな布団袋《ふとんぶくろ》を肩《かた》にのせて、段《だん》ボールをわきにかかえて、ひぐっちゃんがエントランスに入ってきたから。

あたしは助けてって顔で、おっさんを見上げた。

「ね、あたし、けっこう忙《いそが》しかったんだよね？」

「んー、それは請《う》け合《あ》う。たしかにみずきはいろいろ忙《いそが》しかった」

ひぐっちゃんはちょっと口のはしを上げて、布団袋《ふとんぶくろ》をゆすり上げた。


あたしたちは、エレベーターに乗った。

あたしはランドセルをしょって両手に手提《てさ》げ、おかあさんはぱんぱんのバッグとスーツケース、ひぐっちゃんは布団袋《ふとんぶくろ》と段《だん》ボール箱っていうふうに、みんなそれぞれ大きな荷物を持ってるから、三人だけどエレベーターの中はぎゅうぎゅうだ。

「寄《よ》ってくでしょ、丈一《じょういち》」

さりげない感じで、おかあさんが聞いたら、

「いや……玄関先《げんかんさき》で」

ひぐっちゃんは上の階数んとこを見つめながら、ごにょっと返す。

おかあさんはにやりとして、ひぐっちゃんの横《よこ》っ腹《ばら》をひじでつっつく。

「もちろん、部屋の中まで運んでくれるよね？　ありがとう、お昼はごちそうするから。たしか半年前のパスタと缶詰《かんづめ》があったと思う」

「ええ、そんなの平気なの？」

あたしが叫《さけ》んでも、おかあさんが笑っても、ひぐっちゃんは布団《ふとん》をかついだまま、じっと上の階数ランプを見てる。

おかあさんは全然気にしてないみたい。

「冗談《じょうだん》だよ。お寿司《すし》でもとるか、ちょっと高いヤツ」

「やったあ、賛成《さんせい》、賛成《さんせい》、大賛成《だいさんせい》！」

あたしは荷物をかかえたまんま、ぴょこぴょこ飛び上がった。

けど、ひぐっちゃんは眠《ねむ》そうな顔で、やっぱり階数の数字が動くのを見ているだけだ。

エレベーターを降《お》りたら、おかあさんはさっさと先に行っちゃった。

「ひぐっちゃん」

あたしはひそひそ声でいった。

「ん？」

背《せ》の高いひぐっちゃんは、あたしにちょっとかがむ。

「明らかにおかしいよ、ずっとごにょごにょしててさ」

さっきのおかあさんみたいに、あたしはおっさんの横《よこ》っ腹《ぱら》をひじでつっついた。

「ひょっとして、君は、おかあさんのこと意識《いしき》してんのかねー？」

ひぐっちゃんはちらっと、あたしを眠《ねむ》そうな目で見ただけだった。

がっかり。こんな反応《はんのう》つまんない。

なんだよ、都合の悪いときだけ大人のふりしてさ。

あたしは心の中でぶつくさいってたんで、ほかの人がいたのに全然気がつかなかった。

うちのドアの前で、誰《だれ》かがおかあさんと話している。

多摩川《たまがわ》さんだ。

「やあ、みずきさん、お久《ひさ》しぶりです」

多摩川《たまがわ》さんはさわやかに笑って、あたしに手をふった。

いつ会ってもきちんとしてる人だ。今日はカジュアルな服装《ふくそう》だけど、着てるコートは高級そうで、コーディネートなんかまるで、ファッションショーに出てくるモデルさんみたいに決まっている。

多摩川《たまがわ》さんはにこにこしていたけど、あたしの後ろに、長い金髪《きんぱつ》にサングラス、ずたぼろコートのおっさんがいるのに気がついて、びくりとした。

でもそれは一秒の何分の一かの時間で、すぐにさっきのさわやかな笑顔をとりもどす。

「ああ、樋口《ひぐち》さんですね。初めまして、私《わたし》、多摩川智春《たまがわともはる》と申しまして……」

コートのポケットからささっと名刺《めいし》を出したのに、ひぐっちゃんは、全然気がつかなかったみたい。

どさん、どさん。

ドアの前に、布団袋《ふとんぶくろ》と段《だん》ボール箱を落とすと、

「そんじゃ」

とだけいって、エレベーターのほうへすたすた歩いてっちゃった。

2 みずき家出する。

それから……冬休みになってお正月がすんで冬休みが終わって三学期が始まり冬が終わって春が来て三学期も終わって春休みが始まったかと思ったら、もう新学期になっていた。

あたしは無事に六年生になった。

けど、クラスのみんなも担任《たんにん》の氷室《ひむろ》先生も、五年生のときと変わらなかったので、新しい学年って感じは全然しない。

今は五月だ。

最近、あたしはけっこう深刻《しんこく》な問題をかかえて、けっこう真剣《しんけん》に悩《なや》んでいた。

そこで、おばあちゃんの家に来た。ドアは開いてたけど、一階には誰《だれ》もいなかったので、勝手に上がって階段《かいだん》をとんとん上り、二階の部屋にふみこむ。

名探偵《めいたんてい》さんに、相談に乗ってもらおうと思ったのだ。

お昼はとっくにすぎて、もう夕方が始まるくらいの時間だ。なのに部屋の中はまだらに暗い。空気がどろんとして、足にからまるみたい。

窓《まど》の下のしきっぱなしの布団《ふとん》に、この部屋の主《ぬし》が寝《ね》ていた。毛布《もうふ》にもぐりこんで、おだんごみたいに丸まっている。

あいかわらず、この部屋は、本とか服とか箱とか紙袋《かみぶくろ》とか食べかけのお菓子《かし》とか動かないパソコンとか、あとよくわからないモノでいっぱい。いつもジャングルの中みたいだ。よくおばあちゃんに「いいかげん片《かた》づけんか、丈一《じょういち》、おまえんとこから虫がわく」って叱《しか》られてて、こないだなんか、殺虫剤《さっちゅうざい》の煙《けむり》の出るやつ、あれを予告《よこく》なしにたかれてた。

あたしはずんずん部屋に入って、カーテンと窓《まど》をさっと開いた。

部屋は気持ちのいい五月の光でいっぱいになる。お向かいの屋根では、キジバトがでーでぽっぽでーでぽっぽでー、とのんびり鳴いている。

けど、毛布《もうふ》のおだんごはぴくりともしない。

あたしは両手で毛布《もうふ》をがっちりつかんで、ぶんぶんゆすぶった。

「お、き、ろ！　ひぐっちゃん！」

毛布《もうふ》は一回びくっとして、中からぼさぼさの麦わらみたいな頭が出てきた。麦わらの間から、どろんとした目があたしを見る。まだまぶたが半分閉《と》じている。

そしてよりにもよって、ほかの女の名前を口にした。

「……鏡子《きょうこ》」

あたしはすっごく腹《はら》が立つ。

「もう！　またまちがえてる」

どん、と畳《たたみ》を強く足でふんだら、ひぐっちゃんはやっと目を全部開いた。

「なんだ、みずきか」

おっさんは大きなあくびをした。それから、うーんと腕《うで》をのばした。

「なんだとはなんだ」

あたしがいうと、

「なんだとはなんだとはなんだ」

って、へらへら笑う。

「だって、おまえ、昔のかあちゃんとまるきし同じ顔なんだもん」

「なんだとはなんだとはなんだとはなんだ！」

あたしは「なんだ」の数を指を折って数えながら、もっと怒《おこ》った。おかあさんのことは大好きだし、尊敬《そんけい》もしてる。それに、今のおかあさんはとってもも美人だ。

だけど、同じ顔っていわれると腹《はら》が立つ。「なんだ、みずきか」なんていわれると、もっと腹《はら》が立つ。あたしは、ちゃんとあたし、相川瑞希《あいかわみずき》だからだ。

あたしが怒《おこ》っているのなんて、ひぐっちゃんは全然気にしない。

「つうかなんだよ、おまえ。鏡子《きょうこ》さんまた出張《しゅっちょう》？」

おかあさんがアメリカから帰ってきてからも、あたしはたまにこの家でごはんを食べたりお泊《と》まりしたりする。あたしの部屋もずっとあるし、ここから学校にも行く。

日本にいても、おかあさんが仕事で遅《おそ》くなったり出張《しゅっちょう》したりするときがあるからだ。

でも、六年生になってからはほとんど、あたしはおかあさんといっしょにマンションに住んでいる。やっと、あっちのマンションが自分の家って感じになってきた。

「ううん、おかあさんは出張《しゅっちょう》じゃない。ねえ、ひぐっちゃん……」

あたしは毛布《もうふ》のとなりにぺたんと座《すわ》りこんだ。いかにも悩《なや》んでいるっていうふうな、重苦しい声にしてみる。

「あたしがここに来てること、ないしょにしてほしいんですけど」

「はあ？」

ぽりぽり首すじをかきながら起き上がって、ひぐっちゃんは布団《ふとん》の上に座《すわ》った。

あたしはきちんと正座《せいざ》になって、おごそかに告白《こくはく》した。

「あたし、家出してきたの」

ひぐっちゃんは、ぼりぼり麦わら頭をかく。

「家出だと?」

「あたしなんて、あの家にいないほうがいいんだよ」

話すうち、悲しい気持ちがどっとよみがえる。マジ泣きそう。

「どうせ、あたしのいうことなんて……誰《だれ》も、聞いてくれないし」

そんなかわいそうな小学六年女子の目の前で、おっさんはまた大きなあくびをした。

「ちょっと、ちゃんと、あたしの、いうことを、聞け!」

あたしはばしん、ばしん、と手のひらを畳《たたみ》にたたきつけた。

人間って腹《はら》が立つと、泣きたい気持ちなんかどっかへふっ飛んじゃう。

「あーはいはい、そんで、家出の原因《げんいん》は?」

いろんなところをぼりぼりかきながら、ひぐっちゃんはへらへら笑った。

あたしは大急ぎで話しはじめた。ずいぶん横道にそれたり、くり返しが多いのは自分でもわかっている。けど、今はそういう話し方しかできない。

わかっているのか、ただ口をはさむのがめんどくさいだけなのか、ひぐっちゃんはよく聞いてくれた。

問題は、来週の土曜日のあたしの授業参観《じゅぎょうさんかん》だ。おかあさんは仕事が忙《いそが》しくて、来られない。まあそれはいい。いつものことだもん。こういうときは今まで、樋口《ひぐち》のおばあちゃんが来てくれた。

ところが、ある方向からじゃまが入って、こんがらがっちゃったのだ。

つまり、多摩川《たまがわ》さんだ。多摩川《たまがわ》さんって覚えてる？　おかあさんが帰ってきた日に、マンションのうちのドアの前にいた人。

おかあさんは多摩川《たまがわ》さんのことを「お友だち」だっていうけど、子どものあたしにだってだいたいわかる。たぶん……ていうか、絶対《ぜったい》あの人はおかあさんの「カレシ」だ。

その人が、あたしの授業参観《じゅぎょうさんかん》に来たいっていいだした。

ちょっとひっかかったけど、最初はあたしも「いいよ」って返事した。

なんつってもこの人、外見はまあまあいい。イケメンっていうか、ちょっと昔のハンサムって言葉がぴったりな感じなんだけど。

服のセンスも、話す声も、歩く様子もまあまあで、ほかのおかあさんたちや女子らが見たら、わあきゃあって騒《さわ》がれるかもしんない。

それはちょっと見てみたい。

ところが、今週になってその多摩川《たまがわ》さんから「行けそうにない」っていってきた。

「だから、仕事でダメだって素直《すなお》にいえばいいのに」

あたしは口を最大級にとんがらかす。気持ちの全部が伝わるなら、この三倍とんがらかしたっていい。

「多摩川《たまがわ》さんって、ホントまわりくどい。なんだかんだ、去年の選挙から説明が始まるんだよ。その選挙がなんとかなって、なんかがねじれて転がったんだって」

ひぐっちゃんはげらげら笑いだした。

「ああ、ねじれ国会がもめて空転しまくって、本予算の成立が年度をまたいだからな。多《た》摩川《まがわ》みたいな霞《かすみ》ヶ《が》関《せき》のお役人は今大変なんだ。骨格《こっかく》にちくちく筋肉《きんにく》をぬいつけないといけない」

あたしは顔をしかめた。

ひぐっちゃんはよくこんなふうに、意味不明なことをいって得意《とくい》な顔をする。あたしが子どもで、自分が大人だっていうのを、ようくわからせようと思って、テキトーに言葉を並《なら》べてるだけなのだ。たぶん、本人にも本当の意味なんてわかってない。

あたしは意地悪っぽく聞いた。

「あらそう。それって有名な話？　あなたさまでもご存《ぞん》じのほど？」

ひぐっちゃんも顔をしかめた。

「ああ？　ばかにされてるのかしら、おれって？」

そうだよ。

「と、に、か、くー」

あたしは畳《たたみ》にあおむけに転がって、足をばたばたさせた。窓《まど》からの光の中にほこりがきらきらして、けっこうきれい。

「多摩川《たまがわ》は約束を破《やぶ》ったの。ダメよ、あんな男」

「おまえは、場末のスナックのママか」

ひぐっちゃんは立ち上がって、転がってねじれているあたしをまたいだ。

ひっくり返ったまま、あたしはまた口をとんがらかせる。

「勝手に約束して、勝手に破《やぶ》って、そいでもって、おかあさんは多摩川《たまがわ》の肩《かた》ばっか持つし。

すっごく不公平だよ。あいつら、やっかいな子どもなんていないほうがいいんだよ。そしたらすぐにでも結婚《けっこん》できるもん……ちょっと！」

くるんと起き上がって、あたしは叫《さけ》んだ。

「女子の前で何さらすか！」

ひぐっちゃんはよれよれのスウェットとTシャツをぬいで、トランクス一枚《まい》になっていた。肩《かた》や背中《せなか》にも傷《きず》あとやぬい目やアザでいっぱいだ。ごそごそ着るものを探《さが》す。

「だって、起きたら着がえないと、だらしない人だと思われんじゃん」

あたしはオオカミみたいにうなった。

「夕方まで寝《ね》てたくせに、何いってんの」

「つうか、ここおれの部屋なんすけど。そんなに喜《よろこ》ぶなよ」

デニムパンツに片足《かたあし》をつっこんだまま、おなかをぽりぽりかく。

あたしはとっくに両手で目をふさいで、あっちを向いている。

「早くズボンはけー、目がくさる」

「で、みずき先生むくれてるのか……腹減《はらへ》ったな」

かちゃかちゃベルトの音がする。やっと、ズボンをはいたな。

あたしは顔から手をどけた。

「おかあさんに連絡《れんらく》しないでよ。心配させてやるんだから」

ひぐっちゃんはさっき着てたシャツとどこがちがうの？　って感じのよれよれTシャツを着て、ぼさぼさの金髪《きんぱつ》を輪ゴムで後ろにゆわえた。

それから、いろんな荷物をまたいで部屋を出た。とんとんとんと、階段《かいだん》を下りていく。

あとを追いかけて、あたしも一階に下りた。

一階は静かだった。窓《まど》から差すだいだい色の光が廊下《ろうか》までのびている。

ひぐっちゃんは顔だけ台所につっこんで「ちっ」と、舌打《したう》ちをした。

「なんだ、ばあさんいねえのか。どっか行くなら、いっとけよ」

追いついたあたしは、おっさんのよれよれTシャツをひっぱった。

「おばあちゃんとおじいちゃんにもいわないで」

ひぐっちゃんはふりむいて、いかにもめんどくさそうにため息をついた。

「おまえなあ……とりあえず外でなんか食うか。おごるよ」

「うそ」

あたしはその場でぴょこんと飛び上がった。

ひぐっちゃんがおごってくれる？　こ、これは、奇跡《きせき》？　それともテンペンチイの前ぶれ？　もしかして、大洪水《だいこうずい》になって人類はメッツボウしちゃうんじゃないの？

で、ひぐっちゃんが連れてきてくれたのは、駅の階段《かいだん》のすぐ下にあるうどん屋さんだ。きょろきょろ店の中を見て、あたしはもう一度、手もとのどんぶりをのぞきこむ。つま先立って、となりのひぐっちゃんの耳にひそひそいった。

「ねえ、なんにも具が入ってないんですけど」

「だって、かけだもん」

サングラスの下で、片方《かたほう》のまゆ毛がぴくっとした。

「うどんとつゆとねぎ。このカンペキな宇宙《うちゅう》に、これ以上何を望む？」

ひぐっちゃんは左手をコートのポケットにつっこんだまま、くわえたわりばしをぱきんと割《わ》って、カウンターに置かれたどんぶりから、ずるずるうどんをすすった。

流れるようなフォームだ。立ったまま うどんをここまで上手にすする人を初めて見た。こうなるには、きっと何年も修行《しゅぎょう》がいると思う。

あたしはなんだか落ち着かない。立ったまま食べるなんて、ものすごく悪いことしてるみたい。おかあさんが見たらなんていうかな。この前、たいやきの買い食いがバレて叱《しか》られたのを思い出す。

でも、ぷーんとおだしのいいにおい。おなかがぎゅるるるるっと鳴った。

けど、シンプルすぎだよな、せめて天ぷらくらい……。

あたしがそう思った瞬間《しゅんかん》、どんぶりの上にかきあげが出現《しゅつげん》した。いつか図書館で読んだ聖書物語《せいしょ》で、神様が「光あれ」っていったら光ができたときみたいに。天ぷらあれ。

見上げたら、カウンターの向こうのおばちゃんがあたしにウィンクした。

「おじょうちゃんにサービス」

ひぐっちゃんはうどんをくわえたまま、顔を上げる。

その肩《かた》をおばちゃんがぽんとはたいた。

「あんた毎日、ここでかけばっかり食べてるけど、こんな大きなおじょうちゃんがいるんじゃない。しっかりしなきゃダメだよ。そりゃ世の中うまくないさ。でも、がんばれば仕事はきっと見つかるから。あたしも亭主《ていしゅ》に死なれて苦労したけど、それでもここでうどんゆでて、息子をふたりとも大学までやったんだから、あんたにできないわけがない」

ひぐっちゃんはひきつった顔で、おばちゃんの話を聞いていた。話のつぎめを見つけようとして、捨《す》て犬《いぬ》みたいな上目づかいになってる。

笑いたいのをがまんしながら、あたしはありがたくうどんを食べた。かきあげはまだ熱々《あつあつ》のかりかりで、おつゆは透明《とうめい》なのに味がこくて、しこしこのうどんとよく合った。

おばちゃんはひぐっちゃんがいくらいっても、かきあげ代を受け取ってくれなかった。

「とてもおいしかったです。どうもありがとう」

ぺこりとおじぎしてから、あたしは小汚《こぎたな》いコートのそでをぎゅっとかかえた。

「でも、あたし、今のままのおとうさんが大好きなんです」

びっくりしたのか、ひぐっちゃんの足が一歩よろける。

おばちゃんはエプロンのすそで目を押《お》さえた。

「やさしい、いい子だねえ」


すっかり日が暮《く》れた。

駅からは、会社や学校帰りの人たちがどんどん出てくる。暗くなってからのほうが街はにぎやかだ。人の通りも多いし、お店の明かりもまぶしい。

あたしは思わずスキップした。

「ひぐっちゃん、ごちそうさま。まさかこの言葉をいう日が来るとは、思わなかった。あんた、出世したねえ」

ひぐっちゃんは夜なのにサングラスをかけて、あったかい春の夜なのに長いコートを着ている。ポケットに両手をつっこんでねこ背《ぜ》で歩く。ぼそっとつぶやいた。

「悪魔《あくま》」

あたしはバレリーナのまねをして、つま先でくるんとまわった。

「なんて？」

サングラスの横から、じろりとにらまれた。

「いっとくけど、おれはあの店のかけうどんが好きなの。もう恥《は》ずかしくて行けねえよ」

あたしは軽やかにステップして、さっきみたいにおっさんのコートのそでをつかまえた。

「だってえーひぐっちゃんはーあたしのおとうさんみたいなもんじゃん？」

「くっつくなよ、ばか」

ふりはらって足を速める。追いついてしがみつく。

「ねえ、相談に乗ってよ、名探偵《めいたんてい》さん」

ひぐっちゃんは背《せ》すじをしゃんとのばし、あたしを見下ろした。

「よっしゃ、授業参観《じゅぎょうさんかん》に行ってやる」

「え」

あたしは腕《うで》につかまったまま、足を止めた。

サングラスのおっさんはにたーと、不気味に笑った。

「おれが行ってやるよ」

「いやあ……その、どうでしょう、それは」

いたいけな少女（あ、あたしのことね）はうろたえた。うろたえるのには、ちゃんとした理由があるからだ。

ひぐっちゃんは去年の秋、家庭訪問《かていほうもん》に来たあたしの担任《たんにん》の氷室《ひむろ》先生をぶん殴《なぐ》ろうとした。

まあ、そのときはそれなりに理由があったんだけど。

でもしかし、ひぐっちゃんが学校に行ったら、そのルックスとファッションで、多摩川《たまがわ》さんとは別の意味で、みんなにわあきゃあいわれそう……それは見たくない。

「あたしの相談ってそのことじゃないよ。授業参観《じゅぎょうさんかん》はおばあちゃんに頼《たの》むから」

けっこう必死にいったのに、ひぐっちゃんは手帳を取り出して、ぺらぺらめくりだす。

サングラスの奥《おく》の目がずるそうに細くなってる。

「何日？　来週の土曜日てか。じいさんばあさんは、温泉《おんせん》旅行の真っ最中なんですけど。年寄《としよ》りの数少ない楽しみをうばうのか？　おまえは」

「うそ」

立ちすくむあたしの肩《かた》を、ひぐっちゃんはぽんとはたいた。

「そんな顔すんな。おれだって忙《いそが》しいが、かわいい姪《めい》っ子のためだ。だって、おれはおとうさんみたいなもんなんだろ？」

これってさっきの仕返し？　よくわかんない。

とりあえずあたしは口を横に開いて、笑う形にしてみた。

あたしとひぐっちゃんは、駅から近いたこ公園に行った。

「おかあさんに結婚《けっこん》してほしくないなんて、あたし一回もいってない」

立ったまま、あたしはブランコをぐんぐんこぐ。

ほかに人はいない。桜《さくら》はとっくに散っちゃったけど花のにおいがして、あたりはなんだか水色だ。去年の夏休みの宿題で、空き箱に青いセロハンをはって水族館を作った子がいたけど、あの中に入ったら、ちょうどこんな感じかな。

「もう遅《おそ》いよ。いいかげん帰ろうぜ」

となりのブランコに座《すわ》って、ひぐっちゃんが情《なさ》けない声を上げた。さっきまで「ひょー」とかいって調子よくブランコこいでたけど、今はだるそうに止まってる。

あたしはブランコをぐんぐんこぎ続ける。

「なのに、あたしが原因《げんいん》みたいにされてんだから。大人なんだから、自分たちのことぐらい自分で決めろっつうの。あーもう、なんでもいいから決めてほしいっ！」

ほとんど地面と平行になるくらいまで高くこぐ。風が耳を切り、ショートカットの髪《かみ》の毛の先がほっぺをたたく。

「だいたいさあ、『みずきの意見をソンチョーするから』って、どういう意味？　責任《せきにん》を、あたしに押《お》しつけるって意味？」

そんなことをいってくるおかあさんは別の人みたいで、あたしすごくイヤだ。

ぐんぐん大きくこいで……思い切りジャンプ！

体が水色の空気に浮《う》かぶ。ま、一瞬《いっしゅん》だけどね。

しゅたっと、見事に着地が決まった。あたし、運動神経《しんけい》だけはかなり自信がある。

なのに、ひぐっちゃんは全然こっちを見てないし。じっとうつむいてる。

あたしは走っていって、うつむいたおっさんの肩《かた》をぽんとたたいた。

「おかあさんが結婚《けっこん》したら、あたし、もうおばあちゃんの家に、今みたいに来られなくなるんだよ。だって、多摩川《たまがわ》さんに悪いもん」

ホントにいいたいことは、そうじゃなかった。でも、口に出したらこのヒト必ず、無視《むし》する。そうでなければ怒《おこ》りだす。

ひぐっちゃんはいきなり立ち上がった。

「ぐえ、酔《よ》った」

口を押《お》さえてよろよろ歩きだす。広場の真ん中のたこのすべり台にたどり着いた、と思ったら、たこ足のかげにばたりと消えた。

「ブランコで酔《よ》うってか?」

あたしが追いかけてのぞいたら、すべり口にすっぽり収《おさ》まってあおむけに転がってた。サングラスに、真っ赤なたこの頭が映《うつ》っている。

「思い出すな」

あおむけのまんま、ひぐっちゃんはぽつりとつぶやく。

「何を?」

「一年前」

あたしのおじさんはにんまり笑う。

「ここで寝《ね》てたら、おまえの声が聞こえた。みずきの声だって、おれにはすぐわかった」

あたしにもすぐわかった。

もう一年たつ。ううん、まだ一年しかたってない。

一年前のあの日、ここで、五年生のあたしは、親友のあんなと話をしていた。そしたら、学校の不審者情報《ふしんしゃじょうほう》そのまんまの、アヤしい男が現《あらわ》れたのだ。

それが六年ぶりに帰ってきた、ひぐっちゃんだった。

「おまえ、見た目は鏡子《きょうこ》さんそっくりだが、しゃべり方、へ理屈《りくつ》いう感じ、そいつが弟そのものだった。耳だけで聞いていると、子どものころの譲次《じょうじ》がいるのかって、ぞっとしたよ。化けて出たのかと思った」

おとうさんが死んじゃったのは、あたしが保育園《ほいくえん》の年長さんのときだ。

おとうさんがどんな人だったのか、あたしはうまく思い出せない。大人たちがいうには、「ふたつ年上のにいさんと、顔だけはそっくり」なんだって。

あたしはしゃがんで、ひぐっちゃんのサングラスをとった。

「ソボーでムラのあるところは丈一《じょういち》そっくりって、おばあちゃんにいわれた。やんなっちゃう。あたしって、一歩歩くごとに誰《だれ》かさんにそっくりそっくりって、人からいわれる運命なんだわさ」

丈一《じょういち》おじさんは鼻で笑った。目を閉《と》じると、まぶたにも白い傷《きず》あとがある。この傷《きず》がどんなことでついたのか、あたしは知らないし聞いたこともない。

ひぐっちゃんはあたしからサングラスを取り返すと、つるをくわえて真上を見た。

空には、半分の月がぼんやり浮《う》かんでいた。

「けどまあ、くやしいが、血ってのは不思議だ」

ひぐっちゃんが何をいいたいのか、なんとなくわかる……ような気がした。

気がついたら、あたしそんなに怒《おこ》ってない。悲しくもない。いっしょに話してたら、悩《なや》みがなんだったのかすら忘《わす》れちゃった。

あたしも半分の月を見上げた。

「うん、不思議だよね」

そのとき、ひぐっちゃんががばっと上半身を起こした。

公園の出口近くの暗やみに、ぽっつり丸い光が浮《う》かんでいた。光はまっすぐこっちへ来る。それが懐中電灯《かいちゅう》の光だって、あたしにもすぐにわかった。

「みずき」

近づいた声はふるえて、かすれていた。

その声を聞いたとたん、あたしは深い穴《あな》につき落とされたみたいな気がした。

暗い中でもわかる。おかあさんだ。髪《かみ》はくしゃくしゃで目は真っ赤、顔はきっと真っ青だ。おかあさん、いつもはとてもきちんとしてるのに。

たこのすべり台のそばでしゃがんだまま、あたしは固まった。

ひぐっちゃんの顔がひきしまる。立ち上がって、早足でおかあさんに近づいた。

「鏡子《きょうこ》さんすまん、おれのミスだ。寝《ね》ちまって連絡《れんらく》を忘《わす》れた。携帯《けいたい》も充電《じゅうでん》切れで……」

ひぐっちゃんの声は全然届《とど》かなかったみたい。おかあさんはひぐっちゃんをすい、とよけて、あたしのとこに来た。

ぱたり、懐中電灯《かいちゅう》が光ごと落っこちて転がった。

あたしはひっぱられ立たされて、おかあさんにきつくだきしめられていた。

「ごめんなさい」

ふんわりしたおかあさんの胸《むね》にしがみついて、あたしは知らないうちに謝《あやま》っていた。体じゅうの力がぬけて、ぽろぽろ涙《なみだ》が出てくる。謝《あやま》る気も泣く気も全然なかったのに。

「帰ろう、みずき」

おかあさんはあたしをかかえて、公園の出口に向かう。

「もう遅《おそ》い。マンションまで送るよ」

その声におかあさんは立ち止まった。あたしをかかえたままふりむく。

ひぐっちゃんが懐中電灯《かいちゅうでんとう》を拾っていた。手の中で、ぱちぱちつけたり消したりする。おかあさんに声をかけたのを後悔《こうかい》してるみたいに、じっと懐中電灯《かいちゅうでんとう》を見ている。

おかあさんは、あたし以外の人間がそこにいるのに初めて気がついたみたい。無表情《むひょうじょう》に無言で、つい、と公園の出口のほうを向いた。

そこにはぴかぴかの車が止まっていた。運転席に男の人がいるのが見える。

ひぐっちゃんは懐中電灯《かいちゅうでんとう》をぱちんと消して、おかあさんに渡《わた》した。

「悪かった」

まるで、おかあさんにさわったら手が溶《と》けちゃうみたいに、ビビり笑いしながら後ずさりする。

「じゃな、みずき」

そのまま、おっさんは公園の暗いほうへ消えてっちゃった。

「いやあ、とにかくよかったです」

運転席の多摩川《たまがわ》さんもぼさぼさ頭で、目が赤かった。

あたしは車の後ろの席に乗りこんだ。窓《まど》を開けて公園に目をこらす。薄《うす》青い光のほかは暗くて見えない。けど、きい、とブランコのきしむ音が聞こえた気がした。

「ひぐっちゃんは悪くないから」

あたしは、となりに座《すわ》ったおかあさんの腕《うで》をつかむ。

「あたしが、連絡《れんらく》しないでって頼《たの》んだの」

おかあさんは疲《つか》れたように首をふった。

「別に、丈一《じょういち》が悪いなんていってない」

あたしのおなかの底が、じわっと熱くなった。くちびると声がふるえる。

「おかあさんは、ひぐっちゃんに冷たすぎない？　さっきだって、ひぐっちゃん謝《あやま》ってたのになんにもいわないで。すっごく感じ悪かった」

「あーっと、樋口《ひぐち》さんといえば」

変に明るい声で、多摩川《たまがわ》さんが横入《よこはい》りしてきた。

「樋口《ひぐち》さんにいただいた携帯《けいたい》電話ありましたよね？　みずきさん、わざと電源《でんげん》を切って家に置いてきましたね？　GPS情報《じょうほう》が入らなくて、おかあさんすごく心配したんですよ」


このお正月に、ひぐっちゃんがあたしにケータイを買ってくれた。

去年に何度かあたしが事件《じけん》？　みたいなことに巻《ま》きこまれたことがあって、それで心配だからって。

あのビンボーなおっさんが、ケータイを買うお金をどうやって手に入れたのか、あたしには心配だったけど。スマホじゃなくてシンプルなガラケーだったけど。

それでも、すっごくうれしかった。

そのケータイには、GPSってのが入ってて、おかあさんとひぐっちゃんのスマホで、あたしがどこにいるのかわかる仕組みになってる。

でも、その仕組みがついてから、おかあさんは前よりずっと、あたしのことを心配するようになっちゃった。去年までなら、あたしのことなんて、八か月もほっぽらかしておいて全然平気だったくせに……変なの。

車の中で、おかあさんはとがった声でいう。

「多摩川《たまがわ》さんはお仕事で徹夜《てつや》続きなの。それを無理に来てもらった。私《わたし》も仕事の相手に予定を変えてもらって出てきたんだよ」

前の座席《ざせき》のすき間から、多摩川《たまがわ》さんはあたふた手をふった。

「鏡子《きょうこ》さん、もういいじゃないですか、みずきさんが無事だったんだから。ぼくはおせっかいで出てきただけですし」

おかあさんはあたしの腕《うで》をつかみかえした。

「みずき、あんた自分が、どれだけ大勢《おおぜい》の人に迷惑《めいわく》かけたと思ってるの？」

「勝手にそっちが心配しただけでしょ。もう帰るつもりだったし」

あたしは負けないくらいとがった声で叫《さけ》んだ。口も耳もみんなぎざぎざになった感じ。

「あたしにだって、プライバシーってもんがあるとは思わない？　犬のリードじゃあるまいし、置いていきたくなるときだってあるよ」

おかあさんはだまってしまった。

多摩川《たまがわ》さんは何かいおうと、何度かかすかに音を立てて息を吸《す》った。けど、言葉にはならなかった。そのうち、だまって運転に集中しようって決めたみたい。

車は、うちのマンションの前へすべりこんだ。

車から降《お》りたおかあさんは、運転席の窓《まど》につかまって中をのぞいた。

「ねえ、今夜はうちに泊《と》まっていって。顔色がひどい。それに……いろいろ話もしたいし」

多摩川《たまがわ》さんはにっこりして、おかあさんの手を軽くたたいた。疲《つか》れていてもこの人はやっぱりハンサムだ。

「それは、大変魅力《みりょく》的なお申し出だなあ。でも、もうひとふんばりで区切りがつくんで、今日は役所にもどります。来週の土曜日は、ぜひに休みたいですからね」

「ごめんなさい。無理の上に無理をいってしまって」

おかあさんは謝《あやま》ったけど、あたしはぷいと横を向いていた。

多摩川《たまがわ》さんは、あたしにも微笑《ほほえ》みをふりまいた。

「みずきさん、おやすみなさい。土曜日の授業参観《じゅぎょうさんかん》、なんとか出られそうなんです。楽しみにがんばりますね」

「がんばる必要なんてないから」

横を向いたまま、あたしは低い声でいった。

「みずき！」

おかあさんが叫《さけ》ぶ。

あたしはきっ、と多摩川《たまがわ》さんをにらんだ。

「多摩川《たまがわ》さんが授業参観《じゅぎょうさんかん》に出るのはおかしいよ。だって家族じゃないんだもん。もう、ひぐっちゃんに出てくれるように頼《たの》んだから。ひぐっちゃんはおとうさんのおにいさんだもん。あたしの家族だよ。多摩川《たまがわ》さんはどうぞおかまいなく、土曜日も仕事してください」

一秒の何分の一かの時間、多摩川《たまがわ》さんは表情《ひょうじょう》を変えた。けれどすぐ、もとのやさしい顔でにっこりした。

「そうですか。ならば心配ありませんね。よかったです」

あたしは自分で鍵《かぎ》を開けてエントランスにかけこんだ。

頭の中に、さっきの多摩川《たまがわ》さんの表情《ひょうじょう》が焼きついた。あんな悲しそうな顔、初めて見た。もっとイヤなやつだったらよかったのに。

かつん、かつん、と靴《くつ》の音がして、エレベーター前でおかあさんに追いつかれた。その顔に涙《なみだ》のあとがあるのに気がついて、あたしの心はずーんと下に行く。

「晩《ばん》ごはん、食べたの？」

なんでもないっていう顔で、おかあさんは上りボタンを押《お》した。

あたしはうつむいたままうなずく。

おかあさんのため息が聞こえた。

「じゃあ、すぐにベッドに入りなさい。あなた、少し頭を冷やしたほうがいい」

本当に本当に怒《おこ》っているとき、おかあさんはわざと冷静な話し方をする。

「頭を冷やして、自分のしたことやいったことをふりかえってみるといい。それで、何も感じないんだったら……」

ここまでで、言葉はとぎれた。

あたしとおかあさんは、ひたすらエレベーターの階数の数字をにらんだ。

あたしたちをばかにするみたいに、数字はなかなか変わらなかった。

3

学校開放の日

土曜の朝はどんよりくもっていた。

でも、天気予報《よほう》のおねえさんは、「日が高くなれば晴れて、この時期らしいぽかぽか陽気になるでしょう」と、ほがらかに予言した。

はちみつトーストを顔が変形するほど口につめこんで、あたしはいすから飛び下りる。

「ちょいとおねえさん、もう行くの?」

新聞から顔を上げたおかあさんが、あきれた声を出した。

返事はしないで、あたしはパンくずをぱたぱた払《はら》って手提《てさ》げを持つ。声が出せないのでしょうがない。もうちょっと早く起きる予定だった。しかし世の中、なんでも作戦どおりにはいかないものだ。

玄関《げんかん》に先まわりしたおかあさんは、腰《こし》に手をあててあたしを見た。

「靴下《くつした》の色、ちがってないでしょうね、うちのピッピさん」

うんざりして、あたしはジーンズのすそを両方上げてみせた。

去年の家庭訪問《かていほうもん》で氷室《ひむろ》先生が、あたしの「服装《ふくそう》の乱《みだ》れ」を大げさにおばあちゃんに伝え、それをおかあさんが大げさに受け止めちゃってから、毎朝靴下《くつした》をチェックされる。

『長くつ下のピッピ』みたいに、みんながわざと左右の靴下《くつした》の色をちがえたら、世の中はもっと楽しくなるだろなと思うけど、いろいろ事情《じじょう》もあってあたしは口には出さない。

「歯はみがかないの？」

おかあさんの声は背中《せなか》で聞いて、ドアから飛び出す。まだ、返事ができるほど口の中にすき間がなかったからだ。


待ち合わせの駅までずっと走った。口をもぐもぐやりながらなんで、体育万能《ばんのう》のみずきさんにとっても、かなりハードなマラソンだった。

ちょうど電車が着いたとこみたい。人がどんどん出てくる改札口の前に、心細そうに立っている女子を発見した。

「あんな、うぃーっす」

あたしは盛大《せいだい》に手をふってかけよった。

女子はほおっと、大きく息を吐《は》いた。あたしに手をふりかえすと、ふたつにゆわえたふわふわの髪《かみ》がゆれた。今朝は、菜の花柄《がら》のカーディガンを着てるから、五月の精《せい》みたいに見える。あたしの親友、あんなはとっても女子っぽい女子なのだ。

あんなの家が、去年となりの市にひっこししたんで、あんなは電車で学校に通ってる。だから、あたしらはいつもここ、駅の改札前で待ち合わせしてる。

「おはよ、みずき。もう、わたし時間まちがえたのかと思っちゃった」

「ごめーん、ちょっと寝《ね》ぼうした」

はあはあ息を切らしながら、あたしはぱっちんと両手を合わせた。

今朝はちょっと理由があって、あたしがいつもより早い時間にしてってお願いしたんだ。

土曜日なので駅はゆったりしている。いつもならサッカーのドリブルみたいにたくさんの人をよけながらつっきる連絡《れんらく》用通路も、今朝は余裕《よゆう》だ。

ふたりの小学生はとことこ、駅の階段《かいだん》を下りる。

ようやく、あたしの息も直ってきた。

「今日あんなの家、誰《だれ》来んの？」

あんなはちょっと困《こま》った顔で肩《かた》をすくめた。

「三人で来るんだって。おとうさんとおかあさんと、ケンシロウと……サイアク。あの子、一分だってじっとしてられないのに。クラスで騒《さわ》いだらどうしよう」

それから、あたしを見てふわんと首をかしげる。

「みずきの家は？　おかあさん来るの？」

あたしはにっこり笑って、首を横にふった。

「ううん、そいでちょっぴし早く来てもらったの……あ、おはようございまーす！」

駅の階段《かいだん》下のお店に気がついて、あたしはぶんぶん手をふった。

あんなは目を丸くして、あたしとお店を見る。

「お友だち？」

「まあね」

うどん屋のおばちゃんは、カウンターの中から大きく手をふりかえした。

「わたし、まだよくわかんないんだけど」

あんなは、かわいい髪《かみ》ゴムのかざりに指をあてた。本日はクリスタルのさくらんぼだ。

「授業参観《じゅぎょうさんかん》に来る人と、ちょっと早く登校するのとの間に、いかようなナゾが横たわっているのか？」

あたしはにっと歯を見せた。

「イカもタコも横たわってなんかないよ。この人が来るからさあ」

デニムパンツのおしりのポケットから、写真を取り出した。

「やん、かわいいー」

ハートの飛びちるような声を出して、あんなは写真に飛びつく。

「このチョー美人のふりそで女子は誰《だれ》ですか。スカシの洋《ひろし》にこっそり売りつけようかな」

顔が熱くなって、あたしは指先でほっぺたをかいた。

「こらこら、絶世《ぜっせい》の美女のことは気にしなくてよろしい。問題はとなりの不審者《ふしんしゃ》」

お正月にあたしがふりそでの着物を着たので、おかあさんがはりきって写真をとりまくった。そのうちの一枚《まい》だ。

あんなはくすくす笑って、写真の中の不審者《ふしんしゃ》の顔をつっついた。

「へえ、ひぐっちゃん、授業参観《じゅぎょうさんかん》に来るんだ」

ひきつった顔で、ふりそでのあたしにしがみつかれてる。

「それ、川嶋《かわしま》さんに見せて、説明しとこうと思って」

「川嶋《かわしま》さんに？　あーそっか」

あんなもすっかりわかったみたい。


おしゃべりしてる間に学校への坂を上りきった。学校は丘《おか》の上にあるので、ふりかえると、駅を中心に広がった街がずっと見わたせる。

どんよりした雲は薄《うす》れて、太陽がずいずいっと顔を出していた。お天気おねえさんは正しかった。

頭の上で、ぶっとく墨《すみ》で書いたみたいな声がひびいた。

「おはよう！　今朝は本当におはようだね、みずきちゃん、あんなちゃん」

警備員《けいびいん》の川嶋《かわしま》さんは細い目をさらに細くした。

うちの学校、登下校時に警備員《けいびいん》さんが校門に立つ。悪い人が学校に入ってこないようにするためなんだって。

川嶋《かわしま》さんは、若《わか》いときおまわりさんに柔道《じゅうどう》を教えていたとかで、クマみたいにでっかくてがっちりしてる。今でも低学年の子なら、両腕《りょううで》にふたりずつぶら下げて、ぐるんぐるんまわせる。強いばっかじゃなくて、ちょっと天然なとこもあって、みんな大好きだ。

「川嶋《かわしま》さん、おはようございまーす」」

あたしとあんなは声をそろえてちゃんとあいさつした。いつもは遅刻《ちこく》ぎりぎりで校門をかけぬけるので、ハイタッチがせいぜいなんだけど。

さっそく、あたしは写真を見せた。

「川嶋《かわしま》さん、これ見て見て」

「ああ、デラックスな着物だな。ビューチフル、ビューチフル、あ、おはよう、おはよう」

集団《しゅうだん》登校の一年生たちが続々《ぞくぞく》とやってきた。黄色い帽子《ぼうし》たちをもれなくなでながら、川《かわ》嶋《しま》さんは写真を少し顔から離《はな》した。

「朝から、こんなきれいなもの見せてもらってうれしいよ」

「どうせきれいなのは着物だけでしょ、いんや、そじゃなくて」

あたしはいっしょにのぞきこんで、指をさした。

「あのさ、これあたしのおじさんなの。今日授業参観《じゅぎょうさんかん》に来るの。見た目、すっごくアヤしいんだけど、害はないから通してあげてね」

「ふうむ、若《わか》いおじさんだね、外国人さんかい？」

「若《わか》くもないし、外国人でもないし。年相応《としそうおう》の自覚がないだけ」

写真をおしりのポケットにしまって、あたしはため息をついた。

「だから、こうやってムダな手間かけさせるんだから。まったくもう世話が焼ける」

川嶋《かわしま》さんとあんなが、そろってくすっと笑った。


「でも、うれしいな。わたし、ひぐっちゃんのファンだもん」

上ばきにはきかえながら、あんながいった。あんなは前に、ひぐっちゃんに事件《じけん》を解決《かいけつ》してもらったことがあるからなあ。それにしたって、

「あんな、趣味《しゅみ》が悪いよ」

けんけんと、あたしはすのこにつま先を打ちつけた。

あんなはちょっぴり口をとんがらかす。

「そんなことないって、ひぐっちゃんカッコいいと思うよ。お話も面白いし。ひぐっちゃんが担任《たんにん》の先生だったら、最高なんだけど」

黒板の前でいばっている姿《すがた》を想像《そうぞう》して、あたしはふきだした。

「がはは、たしかにある意味いいかも。誰《だれ》よりも先に宿題忘《わす》れそう。学級委員にツッコま

れたりして」

きゃいきゃい騒《さわ》ぎながら、あたしたちは教室に入った。

あたしの学校はふつう、土曜日はお休みだ。

だけど、一学期のこの日だけは半日授業《じゅぎょう》が行われる。「学校開放の日」といって、児童の保護者《ほごしゃ》だけじゃなく、地域《ちいき》の人なら受付さえすれば誰《だれ》でも授業《じゅぎょう》を見られる。

あんなの家みたいに小さな弟を連れてきたりもできるし、通学路でいつも会う近所のおばあちゃんが、ふらりとのぞきに来ることもある。中高校生になった先輩《せんぱい》が「なつかしー」とかっていいながら、廊下《ろうか》にかかった卒業制作《せいさく》をながめてたりもする。

教室の後ろのドアを開けっぱなしにして、出たり入ったりしながら、好きなクラスの授《じゅ》業《ぎょう》を自由に参観できるのだ。

そういうわけで、参観されるあたしたちは落ち着かない。やることはふつうの授業《じゅぎょう》のはずなのに、朝から変にわくわくして、運動会の日みたいにふつうじゃない感じだ。

あたしたちだけじゃない。先生たちもそうだ。いつもジャージしか着ない先生がスーツを着てくるし、きびしい先生はほんの少しやさしくなるし、マジメな先生がゆうかんにもダジャレに挑戦《ちょうせん》し、そしてたいがいスベる。

ところが、何事にも例外というものがある。

あたしたちの担任《たんにん》の、氷室《ひむろ》先生はまったく変わらない。先生は参観日でなくてもいつもぴしっとスーツを着ているし、授業《じゅぎょう》のやり方もいつもとまったくおんなじだ。

答えられなかった子には、零下《れいか》五十度（六年生になって、さらに十度低下！）の視線《しせん》を向けて、いつものようにちゃんと骨《ほね》のズイまでふるえ上がらせる。

だから、授業参観《じゅぎょうさんかん》に来たおかあさん、おとうさんたちは、氷室《ひむろ》先生がなぜ子どもたちから「アイスマン」と呼《よ》ばれて、大いにおそれられているのかが、すぐにわかる。

アイスマンはふだんと変わらなくても、あたしたちのほうはそうもいかない。いつ家族に見られるのかわからない。教科書を開いて、黒板の字をノートに写していても、神経《しんけい》はどうしたって、教室の後ろや、廊下《ろうか》や、校庭のほうへ行っちゃう。


「斉藤《さいとう》さん、次の段落《だんらく》から読んでください」

氷室《ひむろ》先生が静かにいった。

みんなは斉藤太郎《さいとうたろう》に注目したけど、当の太郎《たろう》は気がつかなかった。

ちょうど、妹をおんぶした太郎《たろう》のおとうさんが校庭をつっきってくるのを、窓《まど》から首をのばして見ていたからだ。

氷室《ひむろ》先生はメガネのレンズを光らせ、音もなく太郎《たろう》の机《つくえ》の前に立った。

後ろで見ている大人たちも、クラスのみんなも、いっしょに息を吸《す》いこんだ。

それなのに、太郎《たろう》はまだ気がつかない。

先生はだまって、銀の指し棒《ぼう》を太郎《たろう》の教科書にぴしりとつきたてた。

そこで、太郎《たろう》は初めて気がついた。その体はできたてのプリンみたいにふるふるふるえ、その顔はせっけん液《えき》につけたリトマス試験紙みたいにみるみる青くなる。

「この段落《だんらく》から音読」

こがらしのような声で、氷室《ひむろ》先生は命令した。

運の悪いことに、斉藤太郎《さいとうたろう》のおとうさんと妹は、この瞬間《しゅんかん》教室に到着《とうちゃく》した。

太郎《たろう》の声は見事にふるえて、情《なさ》けなく教室にひびいた。漢字はもれなく読みまちがえ、息つぎはうまくいかず、聞いているみんなは全員、疲《つか》れ果てた。

ふだんの太郎《たろう》は陽気で素直《すなお》なよい男子だけど、今日はみんな首を横にふりたい気分だ。

真っ暗な彼《かれ》の未来を想像《そうぞう》したんだ。

しかし、斉藤太郎《さいとうたろう》にもちょっぴりましなことがあった。ぎせい者がひとりじゃないってことだ。国語の授業《じゅぎょう》だけで、少なくともあと六人が、むざんな結果を家族の前にさらした。

一時間目が終わって、氷室《ひむろ》先生がクールに退場《たいじょう》すると、あたしたち児童も見ている大人たちも、同時にほうっとため息をついた。

後ろのおかあさんたちが、ほどけたようにしゃべりだす。

「すてきな先生だわ」

「あの緊張感《きんちょうかん》がたまらない」

「今の子には、ああいうきびしさが必要なのよねえ」

聞いてて、あたしはぶるっとふるえた。大人って、やっぱあたしなんかと感じ方がちがう。うちのおかあさんも同じ感想なのかなあ。

「くじけるなよ、太郎《たろう》」

あたしは机《つくえ》につっぷしている斉藤太郎《さいとうたろう》の肩《かた》を、ぽんとたたいた。

野球チームでは、バッテリーを組んでいる大事なキャッチャーだ。ここはいたわってやらないといけない。

斉藤太郎《さいとうたろう》の顔はまだ、ややアルカリ性《せい》っぽい色だった。

「相川《あいかわ》、おめえ人の心配している場合か」

「へ?」

あたしの顔はかすかにひきつる。

名キャッチャーはおごそかに予言した。

「アイスマンの数少ないチャームポイントは、えこひいきしないことだ。あいつ、みんなに平等に恥《はじ》をかかせるぞ」

「オレは恥《はじ》なんて、かかないね」

横からスカシの洋《ひろし》が口をはさんだ。

「ようするに、授業《じゅぎょう》の水準《すいじゅん》に達しないから失敗するんだ。集中して、ふだんどおりの力を発揮《はっき》すればいいだけ。次はオレの得意《とくい》の算数だしな」

「スカシ、自分のいってる意味わかってんの?」

後ろにまだおかあさんたちがいるから、あたしはイヤミだけにしといた。じゃなきゃ、そのスカシ頭を確実《かくじつ》にはたいてるところだ。

でも洋《ひろし》は、あたしがむかついてるなんて夢《ゆめ》にも思ってない。

「で、相川《あいかわ》んちはもう来たの？」

あたしは、ざっと教室や校庭を見まわした。

「……まだ」

あと三時間あるし……うーん、ダメだあ。これで授業《じゅぎょう》に集中しろなんて、カコクすぎる。水の上を歩くくらい、ラクダが針《はり》の穴《あな》をくぐるくらい、難《むずか》しすぎ。


二時間目は算数。氷室《ひむろ》先生は、時間と距離《きょり》との関係を図にして黒板に書きながら、次々《つぎつぎ》にぎせい者を増《ふ》やしていった。先生の背中《せなか》には、きっと目がある。ふっとよそ見をしたり、別な考えにふけった子が面白いようにあてられた。

あたしはドッジボールを思い出した。運動が苦手な子が逃《に》げまくったせいで、最後のひとりになっちゃうことがある。みんなにもてあそばれ、ビビってくるくるかけまわる姿《すがた》は、今のあたしとおんなじかも。


「さあ、殺《ころ》せって感じだよ」

一度もあてられなかったのに、あたしは疲《つか》れきって机《つくえ》につっぷした。

ふだんなら二時間目と三時間目の間のお休みは、校庭に走ってって、ドッジボールとか鉄棒《てつぼう》とかなわとびをするけど、そういう気力も体力も残ってなかった。

あんなはどうにか算数で答えられたので、すがすがしい顔をしている。上品そうなあんなのご両親もご満足みたい。うわさの弟、ケンシロウちゃんも、あんながいうほどうるさくなかった。洋《ひろし》の十倍はかしこそうだ。

「ひぐっちゃん、まだ来ないの？」

「寝《ね》てるんじゃないのかな、忘《わす》れちゃって」

あたしは力なく笑ったけど、やっぱ誰《だれ》かに見てほしいって思った。斉藤太郎《さいとうたろう》みたいに大《おお》恥《はじ》かいても、うちに帰ってから「あれはひどかったね」って、誰《だれ》かと笑い合うほうがいい。

三、四時間目は総合《そうごう》だ。みんなそれぞれちがう問題をもらって、学校図書館で調べて、レポートにまとめて発表する。テキトーに書いちゃうと、アイスマンにすぐバレて、みんなの前で立たされたまんま、ずばずば質問《しつもん》されちゃうから油断《ゆだん》できない。

というわけで、あたしたちはぞろぞろ学校図書館へ大移動《だいいどう》する。途中《とちゅう》の渡《わた》り廊下《ろうか》で、

「おい、あれ」

男子のひとりが校庭を指さした。みんながそっちへ注目する。

校門のすぐ内側に大人がふたりいる。おたがいのえりをつかんで、ケンカしてる？

「あっちは警備員《けいびいん》さんじゃね？」

川嶋《かわしま》さんは制服《せいふく》だし、クマさんみたいだから、ここから見てもすぐにわかる。

もうひとりは、背《せ》が高くて、この暑いのに長いコートみたいなのを着て……。

横であんながひゅっ、と息を吸《す》いこんで、あたしを見た。

「あんなごめん、これ持ってて」

ノートとペンケースをあんなに押《お》しつけ、あたしは全速力で校庭へかけだした。


思ったとおり、川嶋《かわしま》さんの相手は、ひぐっちゃんだ。おたがいのえりをつかんで、前後に強く押《お》し合ってる。

「こら、やめろおおおお！」

あたしが叫《さけ》んだ瞬間《しゅんかん》、川嶋《かわしま》さんの足が見えない速さで動いた。ひぐっちゃんの体があおむけになり、ぱん、と手をついて倒《たお》れた。

「かー、一本とられた」

ひぐっちゃんは笑いながら起き上がった。

川嶋《かわしま》さんも笑って、砂《すな》まみれのひぐっちゃんのコートをぱたぱたはたいてあげる。あたしに気がついて手を止めた。

「あれ、みずきちゃん、もう三時間目始まるよ」

あたしはふるえる両手を胸《むね》の前で組んで、立ちつくしていた。

「おお、みずき、わざわざ迎《むか》えに来ることないのに」

ひぐっちゃんはうれしそうな顔だ。サングラスのほこりを吹《ふ》いて、かけなおした。

「……何、やってんの」

あたしの声は、地底からわいた溶岩《ようがん》みたいだった。溶岩《ようがん》がしゃべるとしての話だけど。

「何って、柔道《じゅうどう》だけど。この人、おれの柔道《じゅうどう》の先生なんだ」

ひぐっちゃんと川嶋《かわしま》さんはがっしり肩《かた》を組んだ。

「十年ぶりくらいかなあ」

「びっくりしちゃった。あいかわらず強いっす。かなわない」

ひぐっちゃんは川嶋《かわしま》さんの腕《うで》をとって、ボクシングのレフェリーがチャンピオンにするみたいに高く上げた。

はるか後ろで、どっと笑い声と拍手《はくしゅ》がわいた。いつの間にか、校舎《こうしゃ》の窓《まど》から大勢《おおぜい》の子どもたちが身を乗り出して騒《さわ》いでいる。

川嶋《かわしま》さんはガッツポーズを作って、歓声《かんせい》にこたえた。

あたしは気絶《きぜつ》しそうだ。ぐっと足をふんばって叫《さけ》んだ。

「もう！　ひぐっちゃんのばか！　勝手にしろ！　ありえないし！」

川嶋《かわしま》さんがのんびり思い出したようにいった。

「ああ、みずきちゃんのおじさんって、樋口《ひぐち》君のことだったのか、そんなかっこうだから、写真見たときは全然結びつかなかったよ。十年前はもっとマジメな好青年だった」

「今だって、マジメな好青年っすよ」

「スポーツ刈《が》りのほうが似合《にあ》うよ、おまえさんは」

「いや、あれはモテないんだもん」

おっさんふたりは楽しそうにしゃべりだす。

ばかばかしくなって、あたしはくるりとまわれ右で校舎《こうしゃ》に向かって歩きだした。

「ああ、みずき」

ひぐっちゃんが追っかけてきた。

あたしはつんと上を向いて、足をゆるめない。

「ちょっと、いっしょに歩かないで」

「何怒《おこ》ってんだ、おまえ」

あたしは立ち止まる。泣きそうな声が出た。

「なんで、いきなり校庭で柔道《じゅうどう》やる必要があんの！　あたし、ひぐっちゃんが警備員《けいびいん》さんに不審者《ふしんしゃ》とまちがわれてるのかと思った」

ひぐっちゃんは肩《かた》をすくめてふきだした。笑いながらサングラスをはずす。

「そっか。心配かけたな、ごめん」

そのとき、強い風が吹《ふ》いて校庭の砂《すな》を巻《ま》き上げた。

目を細めたあたしは、校舎《こうしゃ》をバックに人が立っているのに気がつく。それが誰《だれ》だかわかって、背中《せなか》に棒《ぼう》を入れられたみたいな「気をつけ」になった。

「相川《あいかわ》さん」

氷室《ひむろ》先生だ。つかつか近よると、あたしにぞうきんをつきだした。

「これで上ばきをふいてから、すぐ図書館に行きなさい。三時間目が始まってもう三分たちました」

あたしはしょぼんと、ぞうきんを受け取る。

ひぐっちゃんがあごを上げて、とんがった声で聞いた。

「よお先生、お久《ひさ》しぶり。おれのこと覚えてる？」

先生はひぐっちゃんに目を合わせ、口のはしを二ミリぐらいひきつらせた。アイスマン、これで微笑《ほほえ》んでいるつもりだ。

「ええ、もちろんです。本日はお忙《いそが》しい中、ご来校おそれ入ります」

あたしはぞうきんを固くつかんだまま、ふたりを見上げた。かわいたぞうきんが、氷のかたまりになった気がした。なんで、こんなに緊張感《きんちょうかん》がはりつめてんの？ ふたりはまるで、旅路の果てにやっとめぐり合った運命の敵《かたき》どうしみたいににらみ合ってる。

川嶋《かわしま》さんが帽子《ぼうし》を押《お》さえながら走ってきた。

「どうも、お騒《さわ》がせしまして。こいつは私《わたし》の古い柔道《じゅうどう》仲間でして、久《ひさ》しぶりに会ったせいで、ついふざけてしまって」

氷室《ひむろ》先生は、ひぐっちゃんをにらんだままいった。

「ふざけるにしても時と場所があります。昨今の学校を取り巻《ま》く状況《じょうきょう》をご存《ぞん》じないわけではありませんよね？」

ひぐっちゃんは押《お》されたように一歩下がり、目をそらせた。

「悪かったよ」

ふっ、と先生が鼻で笑った。

そのとたん、ひぐっちゃんの髪《かみ》の毛がさかだったように見えて、あたしはコートのすそをきつくひっぱった。横顔を見上げたら、ひぐっちゃんのほっぺがまだらに赤い。たぶん、恥《は》ずかしがっているんじゃない……ったく、こいつ町の不良か。

先生も先生だ。今の絶対《ぜったい》、相手を怒《おこ》らせるために研究しましたって笑い方だよね。

氷室《ひむろ》先生はメガネのレンズの奥《おく》の目をゆっくり細めた。

「それでは、正面玄関《げんかん》にて正式に受付をすませてから、授業《じゅぎょう》をご参観ください。ぼくはこれで、失礼いたします」

「ああ」

ひぐっちゃんはうなって、コートのすそをあたしから取り返した。

氷室《ひむろ》先生はあたしと腕時計《うでどけい》を見た。

「もう五分オーバーです。調べものの時間が少なくなれば、困《こま》るのは相川《あいかわ》さん自身ですよ」

「……はい」

あたしはぞうきんをにぎりしめる。それから、走って校舎《こうしゃ》にもどった。

天窓《てんまど》から明るい光が差しこんで、学校図書館の中はぽかぽかだ。じっとしてるとついつい まぶたが重くなっちゃう。

参観者らしき大人が数人、なつかしそうに本棚《ほんだな》を見てまわってる。

「ひぐっちゃん、来たね」

となりの席で、あんながくすぐったそうにささやいた。

でっかい百科事典をテーブルに立てて、あたしはそのかげで大きくため息をついた。

「どうしてフッーに登場できないかな、あのヒトは」

「先生と、なんのお話ししてたの？」

「よくわかんなかった。でもアイスマン、ひぐっちゃんのこと目の敵《かたき》にしてる。ほら、去年の家庭訪問《かていほうもん》のときのこともあるし」

「あ、それわかるかも」

あんなはちらりと、まわりを確認《かくにん》した。

「ひぐっちゃんって、氷室《ひむろ》先生の生理的に受けつけないタイプだと思う。先生って理屈《りくつ》が通らなかったり、きちんとしてないのがきらいでしょ」

あたしはいすにぐにゃんともたれて、またため息をついた。

「あんな神経《しんけい》カビンヤロー、あたしだって受けつけない。細かいったらありゃしないんだもん。アイスマンってさ、きっと友だちなんてひとりもいないよ。でも、かわいそうだなんて思ってやんない。だって自業自得《じごうじとく》なんだもん」

あんながひゅっ、と息をのみこんだ。

「相川《あいかわ》さん、七分も遅《おく》れたわりには、ずいぶんな余裕《よゆう》ですね、それならば」

氷室《ひむろ》先生には瞬間移動《しゅんかんいどう》の特技《とくぎ》があるにちがいない。あたしのすぐ後ろに立っていた。

「一番に発表してもらいましょうか」

「えーっと……」

あたしはしゃちほこばっていすに座《すわ》りなおした。おお、今まさに非常《ひじょう》に興味深《きょうみぶか》い記事を発見しちゃったきゃあどうしよーってふりで、百科事典に顔をはさんだ。

先生が行っちゃうと、特大のため息が出た。もうあたしはすっかりぺちゃんこだ。スカシの洋《ひろし》がこっち見て笑ってるけど、それどころじゃない。

とにかく「外国の紙幣《しへい》・硬貨《こうか》」についてなんとかまとめないと、また恥《はじ》をかくのは確実《かくじつ》だ。でも、このテーマめっちゃ難《むずか》しい。百科事典にはちょびっとしか出てないし、丸写しとかは絶対《ぜったい》バレるし。司書の先生に聞いたらいいんだろうけど、カウンターはもうずっと、質問《しつもん》する子たちで行列になってるしなあ。

あたしはもう一度ため息をついて立ち上がり、百科事典を本棚《ほんだな》へもどしに行った。

「みずき」

ひぐっちゃんが、本棚《ほんだな》のかげから姿《すがた》を現《あらわ》した。

「げ、見てた？」

あたしは思わずまわりを確認《かくにん》する。今、氷室《ひむろ》先生は遠くの窓辺《まどべ》にいる。

ひぐっちゃんはひそひそ声を出した。

「見てねえよ、おまえがうらなりにイヤミいわれてたとこなんか」

うらなりって氷室《ひむろ》先生のことだ。意味わかんないけど、ひぐっちゃんのいい方からしたら、かなりの悪口らしい。

あたしはがっくり首をたれた。

「……見てたのね」

「こういうときは大人を頼《たよ》りにしろよ。なんだテーマは？」

ひぐっちゃんは勝手にあたしのプリントをのぞきこんで、少し大きな声で読んだ。

「『外国の紙幣《しへい》・硬貨《こうか》』だって」

「遠慮《えんりょ》しとく。ほっといて」

あたしはすっぱり断《ことわ》った。これまでひぐっちゃんに宿題を手伝ってもらったことがあったけど、あまりよい成果があったとはいえなかったからだ。

ところが別の本棚《ほんだな》のかげから、別の声が答えた。

「了解《りょうかい》です」

すっごく、聞き覚えのある声だ。

「誰《だれ》？」

本棚《ほんだな》の角を曲がって、あたしはすぐに声の主《ぬし》を見つけた。

「多摩川《たまがわ》さん！」

多摩川《たまがわ》さんは恥《は》ずかしそうな顔でふりかえって、恥《は》ずかしそうにあいさつした。

「こんにちは、みずきさん」

もう何冊《なんさつ》か、本をわきにかかえている。ぱらぱらめくって、手帳を破《やぶ》った紙のかけらをちょい、ちょいと、しおり代わりにはさむ。てきぱき本を開いて見せてくれた。

「えっと、このへんが参考になるでしょうか。こっちは図版《ずはん》が豊富《ほうふ》ですし、この本には歴史《れきし》がよくまとまっています。細かいエピソードならこのコラムを拾うといいです。書き出しに使うと効果的《こうか》ですよ」

あたしの手に、本がどさりとのせられた。

「最初、珍《めずら》しいエピソードを具体的にあげて興味《きょうみ》を引いてから、アジア、オセアニア、欧米《おうべい》といった地域《ちいき》をいくつか選んで、その特徴《とくちょう》をそれぞれ、大きくまとめたほうがいいんじゃないでしょうか。日本のお金との比較《ひかく》をつけて。そうそう、ユーロについてふれるなら、新しい本でないと情報《じょうほう》が変わってますので、気をつけてください」

ひぐっちゃんがじり、と後ずさりした。

「おい、先公がこっち来そうだ」

多摩川《たまがわ》さんはにこっと目を細めた。

「じゃあ、ベストをつくして、みずきさん」

「発表、楽しみにしてるぜ」

ふたりは仲よく本棚《ほんだな》の向こうに消えた。

本をかかえたまま、あたしはひとり残された。しばらくぽかんとつっ立った。

「……このように、世界にはいろいろな種類のお金があります。わたしは外国を旅行して、これらのお金を、実際《じっさい》に使ってみたいなあと思いました」

レポートを読み終わると、後ろで見ていた大人たちからぱちぱち拍手《はくしゅ》が上がった。

氷室《ひむろ》先生は発表の間、じいいいいっと凍《こお》るような目であたしを見ていたけど、

「短時間にもかかわらずよくまとまっています。着席してください」

と、つまらなそうにいった。

これでも、氷室《ひむろ》先生にしたら最大限《さいだいげん》のほめ言葉なのだ。

あたし、いすに座《すわ》ったとたん力がぬけちゃった。まるで、マラソンを走りきったあとみたい。顔は熱くて、息はあらくて、けど、すっとしていい気分でもある。

「次、外村《とむら》さん」

先生は、スカシの洋《ひろし》をあてた。

「はい！」

洋《ひろし》は自信満々《じしんまんまん》に立ち上がって、「馬の種類と体の色」について読みはじめる。

ところが、すぐに先生がさえぎった。

「外村《とむら》さんは、授業中《じゅぎょうちゅう》に、携帯《けいたい》電話かタブレットを使用しましたか？」

洋《ひろし》はびくん、と一回大きくふるえた。

氷室《ひむろ》先生の零下《れいか》五十度の視線《しせん》が、洋《ひろし》をつきさした。

「まずはじめに、ぼくはみなさんに注意しましたよね？　この授業《じゅぎょう》は学校図書館での紙資料《しりょう》の利用方法を学ぶものですから、インターネットの使用は禁止《きんし》ですと。しかし外村《とむら》さん、あなたの読んだそのレポートは百科事典サイトの丸写しです。一言一句《いちごんいっく》同じのようにぼくには思えますが。どうでしょうか？」

先生はしばらく返事を待ったけど、洋《ひろし》はだまって立っているだけだ。

図書館はカンペキに静まりかえった。たぶん、みんな息もしてなかったにちがいない。

たとえ蚊《か》がそのへんでちょこっとつまずいたって、全員がその音に気がついたろう。

こがらしのような声で、先生は洋《ひろし》に刑《けい》をいいわたした。

「座《すわ》ってよろしい。ただし、外村《とむら》さんは放課後、職員室《しょくいんしつ》のぼくの席に来なさい」

腰《こし》がくだけたように、洋《ひろし》はいすに倒《たお》れこんだ。

みんなは気まずくうつむく。あたしの背中《せなか》にも、どろりと汗《あせ》がつたった。

終わりの会がすんで、みんな、廊下《ろうか》で待っていた家の人のところへ走っていった。

あたしが教室から出ると、ひぐっちゃんが手をひらひらふった。

「みずき、ラッキー。この人がお昼ごちそうしてくれるって」

ひぐっちゃんと多摩川《たまがわ》さんは、並《なら》んで廊下《ろうか》の壁《かべ》にもたれている。このふたりが並《なら》んでいるのは……変。

でもその変さにツッコむ余裕《よゆう》は、今のあたしにはない。シリアスにふたりを見上げた。

「ちょっと待ってて。あたし、先生に用があるから」

走りたい気持ちをおさえて、大またで廊下《ろうか》を歩いた。急いですませちゃいたいけど、廊《ろう》下《か》を走って『学校生活の約束』を破《やぶ》れば、もっと罪《つみ》が重くなる。

前にスカシの洋《ひろし》の背中《せなか》が見えてきた。さっきは自信満々《じしんまんまん》だったのに、今やしょんぼりしちゃってまるで別人だ。あたしはぐんと大きく手をふって歩き、洋《ひろし》に追いついた。

「外村《とむら》、あたしもいっしょにアイスマンとこ行く」

洋《ひろし》はぽかんと、ばかみたいに口を開けた。

「なんで」

「あたしもズルしたの。だから、自首するってわけ」

道連れができて、洋《ひろし》はちょっぴり勇気づけられたみたい。ほうっと息をつく。

「なんだ、相川《あいかわ》にしたらできすぎだって思ったんだ。あのレポート」

あたしはじろり、と横目でにらんだ。

「あんだって」

洋《ひろし》はあたしの視線《しせん》を、ひょいとかわした。

「でもおまえ、アイスマンこわくないの？」

あたしは両手を胸《むね》の前で組んだ。その手はだんだんふるえてくる。

「ま、ね、あたし、前も呼《よ》び出されたこと、あるし、まさか、頭からがりがりかじったりは、しない、だろうし……だ、だいじょぶ、で、しょ……」

職員室《しょくいんしつ》前の廊下《ろうか》は、先生たちや保護者《ほごしゃ》の人たちでいっぱいだ。あちこちであいさつやおしゃべりが始まっている。

少し離《はな》れた柱のかげに、アイスマンがいた。

氷室《ひむろ》先生はファイルをわきにかかえ、女の人と話していた。長い栗色《くりいろ》の髪《かみ》のすごい美人だったけど、先生は授業中《じゅぎょうちゅう》よりもきびしく冷たい顔をしていた。

「誰《だれ》かのおかあさんかな？」

洋《ひろし》とあたしは柱の向こうの、窓《まど》ぎわの壁《かべ》にもたれた。話がすむまで待っているしかない。子どもはいつだって、大人の後まわしなんだから。

でも、気になる。あたしは柱からそうっと顔を出して、耳をすませた。

「何話してるんだろ？」

「おい、相川《あいかわ》やめろよ、プライバシーかもよ」

ひそひそ声で洋《ひろし》が止めたけど、あたしは聞いちゃあいない。じっと集中すると、ほかの人の話し声と、氷室《ひむろ》先生たちの声のちがいが聞きわけられるようになってきた。

「君は、ぼくに命令しているのか」

「だからちがうって。すべては、ゆきのためでしょ」

なんだか、ケンカしてるみたい。

あたしはちょっと首をひねった……「ゆき」って子は、うちのクラスにはいないはずだけど、あ、ぶーちんが「ひろゆき」だったっけ？

けど、ふたりの話し方は、先生と保護者《ほごしゃ》って感じじゃない。敬語《けいご》じゃないし、先生は誰《だれ》かのおかあさんを「君」だなんて呼《よ》ばないはずだ。

「今日のことは、ずいぶん前から計画されていた。君の許可《きょか》もとったはずだ。そのために、ぼくは職場《しょくば》に早上がりの休暇申請《きゅうかしんせい》もした」

氷室《ひむろ》先生の話し方は冷たいんだけど、教室であたしたちに皮肉をいうときとははっきりちがう。今は、なんていうか……ばかにされてものすごく怒《おこ》ってるって感じだ。

女の人はバッグからハンカチを出して口を押《お》さえた。今にも泣いちゃいそう。

「……だって、神田《かんだ》さんが今日がちょうどいいって。彼《かれ》、ゆきのこととても好きなのよ。仲よくなりたいって、いつも努力して……」

「そいつに、指一本ふれさせてないだろうな」

氷室《ひむろ》先生はうなるようにいった。

「君が誰《だれ》と住もうが、ぼくに関心はまったくない。まったくだ。ただ、ゆきだけは……」

女の人のほっぺがさっと赤くなる。

ぴしっ。

するどい音がして、そこにいた人たち全員が動きを止めた。

何かがあたしの足にかつんとぶつかり、くるりとまわって止まった。

氷室《ひむろ》先生のメガネだった。

思わず拾ってから、あたしは柱の向こうを見た。

つめがひっかかったのかな。先生の左のほっぺに、細い血の筋《すじ》がついていた。あたし、「アイスマンでも血は赤いんだ」なんて、くだらないことを考えちゃった。

女の人にぶたれたんだろうけど、氷室《ひむろ》先生はまゆ毛ひとつ動かさなかった。いつもの冷たい目で、女の人を見ている。

女の人はハンカチで顔をおおい、廊下《ろうか》をかけだしてすぐに見えなくなった。

まわりの人たちはみんな、氷室《ひむろ》先生をちゃんと見たり、話しかけたりできない。けど、中断《ちゅうだん》しちゃったさっきまでのお話を続けることもできない。

ぼんやりした静けさが、いごこち悪くあたりにただよった。

「お騒《さわ》がせいたしました」

誰《だれ》にも目を合わせないで、氷室《ひむろ》先生は静かに頭を下げた。

あたしは拾ったメガネを見た。鼻あての片方《かたほう》がゆがんでいる。

「先生、これ」

おそるおそる差し出すと、

「ありがとう、相川《あいかわ》さん」

氷室《ひむろ》先生はメガネを受け取ってそのままかけた。それから、となりの洋《ひろし》に顔を向けた。

「外村《とむら》さん、申《もう》し訳《わけ》ないが、話は来週にさせてください。ぼくは急用があるので、これで失礼します」

先生は職員室《しょくいんしつ》に入って、すぐにカバンを持って出てきた。だまったままのみんなの前を通りすぎ、廊下《ろうか》を曲がって見えなくなった。


氷室《ひむろ》先生がいなくなると、みんなはどっと、いっせいに話しはじめた。

奥《おく》から校長先生が出てきた。誰《だれ》かがすかさずさっきの事件《じけん》を説明しはじめる。

「なんだったんだ、あれ」

結局、洋《ひろし》も聞いてたみたい。ぼんやりした顔と声で、あたしに聞いた。

「うん……」

あたしもぼんやり答える。

さっき通りすぎた先生の横顔が頭に焼きついていた。先生のあんな目、初めて見た。いつもの冷たい目じゃなかった。

何が起きたのか全然わかんないし、氷室《ひむろ》先生なんか全然好きじゃないし。

だけど……先生は悪くない。

なぜだか、あたしはそう思った。


あたしと洋《ひろし》はだまったまま、教室にもどった。

教室の前の廊下《ろうか》に、困《こま》ったような顔をした多摩川《たまがわ》さんが立っていた。

そのとなりに、ひぐっちゃんがしゃがみこんでいて、

「腹減《はらへ》ったよー」

情《なさ》けない声を出したけど、あたしの顔を見て、かすかに目を細めた。

「何かあったか」

「ううん」

あたしはぼんやり答えた。まださっきのことが頭の中でうまく整理できない。

「じゃあ、相川《あいかわ》、バイバイな」

いつの間にか、洋《ひろし》があたしを追いこしていった。もう教室からバッグをとってきてる。

「ん、バイバイ」

やっぱりぼんやり気味に、あたしは手をふった。

多摩川《たまがわ》さんは、スカシの洋《ひろし》の背中《せなか》を見送って、

「あの子、みずきさんのボーイフレンド？」

「タマてめえ、くだらねえことといってんじゃねえぞ」

立ち上がりながら、ひぐっちゃんが怒《おこ》った。あたしの顔をのぞきこむ。

「さっきまであんなちゃん、待ってたんだけど。おうちの人と帰っちゃったぞ」

「……そう」

「どうしたんだよ、みずき、うらなり先生に叱《しか》られたのか？」

ひぐっちゃんはにやにやしたけど、多摩川《たまがわ》さんはびくっと一回ふるえて、

「そうか、ぼくらが資料《しりょう》を渡《わた》したのがいけなかったんですね。申《もう》し訳《わけ》ない、どうしよう」

あたふた両手を動かして、わかりやすくうろたえた。

あたしは笑って、手のひらを左右にふる。

「先生には来週怒《おこ》られる予定だけど、今はちがうの。あー、おなか減《へ》った」

4

すてきなイタリアン

やっぱ多摩川《たまがわ》さんの連れていってくれるお店は、ちょっとちがう。

今日は小さなイタリアンレストランだ。学校の近くにこんなおしゃれなお店があったなんて、あたしちっとも知らなかった。地味な入り口から地下に下りて、ぶ厚《あつ》い木のとびらをくぐって入ったら、明るい外とは別世界だ。最初は真っ暗かと思っちゃった。

あちらこちらで小さな光がゆれてる。暗いのに目がなれたら、壁《かべ》はレンガでじゅうたんはふかふかだ。ほんのりアコーディオンっぽい音楽が流れている。

きどったウェイターさんに案内されて、あたしら三人は席についた。テーブルの上には丸いガラス製《せい》の入れ物が置いてあって、その中でろうそくの火がゆらゆら燃《も》えている。

メニューを見たけど、あたしの好きなナポリタンもミートソースもたらこスパも見当たらない。知らないお料理ばっか。

ひぐっちゃんもメニューをのぞいたけど、たぶんあたしよりわかってないと思う。

「あー、ここは大将《たいしょう》のお任《まか》せで」

とか、テキトーなことをいってるし。

結局、多摩川《たまがわ》さんが注文してくれた。大人にはピザとワイン、あたしにはゴルゴンゾーラチーズソースのニョッキ。

ニョッキって、あたし初めて食べた。ぎざぎざのついた白玉みたい。もちもちした不思議なかみごたえで、しょっぱいチーズソースとよく合う。これならどんぶり一杯《いっぱい》食べられる。おかわりしたかったけど、お上品でない気がしていいだせなかった。

ひぐっちゃんはピザを一気にがつがつ八分の七平らげ、やっと落ち着いて息をついた。

あたしはあきれた。

「本当に、おなか減《へ》ってたんだね」

「んー、じいさんばあさんは旅行でいないし、金はないし、マジやばかった」

そんなことといいながら、しあわせそうにワインを飲んでる。

あたしはひぐっちゃんをにらんだけど、お店が暗いせいか気がつかれなかった。

多摩川《たまがわ》さんはウェイターさんを呼《よ》んだ。魚介《ぎょかい》のフライとトマトソースのパスタ、あたし用にジェラートのデザートも頼《たの》んでくれた。

「おれもアイス食う」

ひぐっちゃんがいったので、多摩川《たまがわ》さんは笑ってもうひとつ追加した。

あたしは、がたん、と音をさせて、いすを引いた。

「ちょっと、お手洗《てあら》い」

ひぐっちゃんに目で合図をしてから、席を立った。

トイレの前で待ってたら、

「あによ、みずきさん」

コートのポケットに手をつっこんで、ひぐっちゃんがやっと来た。

あたしは、いらいらして口をとんがらかした。

「もう、ひぐっちゃんって。このお店高いよ、きっと」

「そう？　高いっつったって、銀座《ぎんざ》のバーとかじゃねえし。気にするな」

「ていうか、多摩川《たまがわ》さんに全部お金払《はら》わせていいの？」

ひぐっちゃんは首をかしげた。あたしが何にいらっとしてるのか、全然わかってない。

「金持ってるやつが払《はら》えばいいじゃん。払《はら》えったって、おれ払《はら》えないよ。三百円しか持ってない。あ、パスモに五百円くらい入ってるかな。ここ、交通系《けい》使える？」

あたしはどんと床《ゆか》をふみしめた。下はふかふかじゅうたんだから音はしなかったけど。

「何えばってんの。それ、大人の所持金か」

ひぐっちゃんはコートのポケットをちゃらちゃらさせ、不敵《ふてき》に笑う。

「まあ、これぐらいおごらせてやって当然だよ、あいつおれに感謝《かんしゃ》してるみたいだから。みずきは心配しないでよろしい」

「感謝《かんしゃ》って何？」

あたしの質問《しつもん》を無視《むし》して、おっさんはトイレに入ってしまった。

あたしは腕《うで》を組んで、ふん、と鼻から息を吐《は》いた。こりゃライバルどころの話じゃない。

あの男にプライドってものはないのか？　こりゃおかあさんでなくたって、世間の女子は百パーセント多摩川《たまがわ》さんを選ぶわい。

腕組《うでぐ》みしてため息ついて、あたしが席にもどろうとしたそのとき、ふと、ワインだるの向こうのテーブルが見えた。

「うそ」

自分の目が信じられなかった。

あたしは姿勢《しせい》を低くして、たるに近よる。耳と目に神経《しんけい》を集中する。

やさしそうな声がした。

「もう、おなかいっぱい？　たくさん食べないと、早く大きくなれないぞ」

あたしはごくっ、とつばを飲みこむ。その音は店じゅうにひびいた気がしたけど、たるの向こうの席には聞こえなかったみたい。

その席のこっち側には、小学一年生ぐらい？　の、こん色のジャンパースカートを着た女の子が座《すわ》っていた。あたしのとこからじゃ背中《せなか》しか見えないけど、ロドンの園女子学院大学付属《ふぞく》小学校の制服《せいふく》だってすぐにわかった。近所にある学校だけど、庶民派《しょみんは》のうちの学校とは大ちがいの、超《ちょう》お上品な私立《しりつ》のおじょうさま学校だ。長いさらさらヘアーに、制服《せいふく》とおそろいのこん色リボンを結んだ女の子は、か細い声で答えた。

「もういっぱいたべたよ。あと、おなかにはアイスクリームしかはいれません」

「なるほど、アイスクリームなら入るのか」

女の子の向かいでやさしく笑ったのは……氷室《ひむろ》先生だ。

でも、今はとてもこの人を「アイスマン」なんて呼《よ》べない。口には正真正銘《しょうしんしょうめい》の微笑《ほほえ》み、目はにこにこ細められている。すんごくよく似《に》た別の人なのかもって、あたしは思った。

そういう人が世の中に三人はいるとかって、どっかで聞いたか読んだかしたことがある。でもよく見ると、その人のメガネは、鼻あてがほんの少しゆがんでいる。まちがいなく、さっき、あたしが渡《わた》したメガネだ。左のほっぺには、かすかなひっかき傷《きず》も残っている。

思い切ったように、女の子がいった。

「ねえ、ローリーポーリーパーティーにつれてって、パパ」

あたしは、ちょっと変な気持ちになった。

ローリーポーリーパーティー（略《りゃく》して、ロリパ）って、二十個《こ》ぐらい先の駅に、今年できたテーマパークで、このへんの子どもなら誰《だれ》だって、ガチに行きたい夢《ゆめ》の国だ。

でもこの女の子の声は、ふつうのおねだりとはちがう。なんていうか、かなり必死な感じ。必死なくせに、この子はロリパのことなんて、本当はどうでもいいと思ってる……っていうふうに、あたしには聞こえた。

ろうそくの炎《ほのお》に照らされた先生の顔がかすかにゆがむ。ごまかすみたいに笑って、腕時《うでど》計《けい》を見た。

「六時にママが駅にお迎《むか》えに来る。遊園地は無理だよ」

テーブルに両手をつっぱって、女の子はぐいっと身を乗り出した。

「じゃあ、あした。あしたパパつれてって」

先生はじっと時計を見ている。そのままゆっくり話す。

「さっきいったね。今日で最後なんだ。ゆきには新しいパパができるんじゃないか。遊園地にはその人と行きなさい」

先生はテーブルの上の、女の子の手に手を重ねた。

「ゆきはママが大好きだろ？　ママを心配させたらいけないな」

ワインだるのかげで、あたしは自分がこぶしをぎゅうぎゅうにぎっているのに気がついた。じっとりぬれた手をこじあけて、デニムのおしりで汗《あせ》をこすった。

女の子はあきらめない。

「ゆきはパパもママも、りょうほうだいすき。いっしょにおうちにかえろうよ、パパ。おうちにパパとママ、りょうほういなくちゃいけないのよ。よそのおうちは、みんなりょうほういるよ」

女の子はごしごし目をこする。ちらりと見えた横顔は真っ赤だ。

「パパしか、パパじゃないもん。ゆき、いいこにするから、おねがい」

先生はだまって立ち上がった。こっち側の席に移《うつ》って、ふるえている女の子をひざに乗せた。小さな背中《せなか》にそっと手を置いたら、女の子は、パパの胸《むね》にぎゅっと顔を押《お》しつけた。

「ごめん、ゆき。でも……」

氷室《ひむろ》先生の声はかすれていた。

女の子は先生の腕《うで》の中でもぞもぞする。小さな小さな声で何かいった。

「ん、どうした、ゆき」

先生が聞く。あたしにも、何をいったのか聞こえなかった。

女の子はきっ、と顔を上げて、先生を見上げる。今度ははっきりした声でいった。

「あたらしいパパなんていらない。こないだ、ゆきをぶったの」

先生ののどがごくりと動く。

「ゆきを？　ぶった？」

「えっと……そう」

女の子は先生のひざから下り、困《こま》ったみたいにまゆ毛を寄《よ》せた。黒目をきょろきょろ動かしながら、小さな声を出す。

「ゆきを……えっと、ママがみてないところで、ゆきを……ぶつの」

「なんだと」

先生の声が裏返《うらがえ》った。いつも冷静な氷室《ひむろ》先生の声じゃない。

あたしは思わず、たるから身を乗り出す。そこから氷室《ひむろ》先生の横顔が見えた。先生の目は大きく開いてるのに、なんにも見ていないって感じ。さっき学校で、あたしの前を通りすぎたときもこんな目だった。身動きひとつしない。しばらくそのままだまりこんだ。

女の子は自分の胸《むね》に手をあてて、目だけきょろきょろさせている。

「……パパ、あのね」

やっと、氷室《ひむろ》先生が静かな声でいった。

「これからふたりで遊園地に行くか、ゆき」

背中《せなか》に、イヤな気配を感じた。

あたしがふりかえると、すぐ後ろにひぐっちゃんがしゃがんでいた。目が合うと、がっとえりくびをつかまれた。人さし指を立てて口の前にあてながら、あたしをひっぱってそっと後ずさりした。

トイレの前までもどって、あたしらは同時にため息をついた。

ひぐっちゃんは腰《こし》をさすってのばした。

「家庭の事情《じじょう》ってやつだ。他人は介入《かいにゅう》できねえ」

あたしは下を向いていた。女の子の必死な「おねがい」という声が耳から離《はな》れなくて、のどの奥《おく》が痛《いた》い。

ひぐっちゃんはしばらくだまって立ってたけど、思いついたように聞いた。

「おいみずき、ちゃんと携帯《けいたい》の電源《でんげん》入ってる？　鏡子《きょうこ》さんに心配かけるの、おれイヤだぜ」

あたしはごしごし目をそでで ふいて、デニムのおしりのポケットから赤いケータイを出してみせた。

ひぐっちゃんは受け取って画面を確認《かくにん》してから、

「なら、いい。とっとと席にもどれよ。多摩川《たまがわ》にうんこしてると誤解《ごかい》される」

と、もとのポケットにねじこんだ。

「ひぐっちゃんもいっしょにもどろう」

あたしは小汚《こぎたな》いコートにしがみついた。なぜだか急にそうしたくなった。

「くっつくなよ、ばか」

ひぐっちゃんは乱暴《らんぼう》にあたしを引《ひ》きはがそうとしたけど、動きを止めた。あたしもコートをつかんだままひゅっ、と息を吸《す》いこむ。

女の子がこっちへやってくる。さっきの子だ。目と鼻を真っ赤にはらして、歩きながら四角いかばんみたいな形のリュックからハンカチを出そうとしていた。

あたしは背《せ》のびして店内を見まわす。氷室《ひむろ》先生はさっきの席に座《すわ》っている。疲《つか》れた顔でおでこに手をあてていた。

「おっと」

あたしがふりむくと、ひぐっちゃんがひざまずいて、女の子の体をだきとめたところだった。床《ゆか》が暗くてつまずいたらしい。

「ごめんなさい」

女の子は礼儀《れいぎ》正しくぺこんと頭を下げた。

「なんの、なんの。おケガはありませんでしたか?」

ひぐっちゃんはにっこりして、女の子のリュックをとん、とたたいて立ち上がった。こうして笑うと、少しはまともな大人に見える。

「はい、だいじょうぶです」

トイレに入っていく女の子を見送りながら、ひぐっちゃんは人さし指でほっぺをかいた。

「うらなりの娘《むすめ》にしたら、たいした美人じゃん。将来《しょうらい》が楽しみだねえ」

あたしは、ひざの裏《うら》を思い切りけってやった。

「この、エロじじい」


席にもどると、多摩川《たまがわ》さんは首をまわして、あたしらをゆっくり見上げた。

「おお、もう来てんじゃん、うまそー」

ひぐっちゃんは座《すわ》る前にフライをつまみ、湯気の立ったパスタをがっつり皿にとった。

「おっさん、いやしいって」

あたしがたしなめても聞きゃしない。

「……ぼくはダメだな」

蚊《か》の鳴くような声に、あたしとひぐっちゃんは同時に多摩川《たまがわ》さんを見た。

多摩川《たまがわ》さんは微笑《ほほえ》んでいた。でも、この微笑《ほほえ》みは正真正銘《しょうしんしょうめい》って感じじゃない。

口の中のフライをごくんと飲みこんで、ひぐっちゃんがあたしにささやいた。

「ほら、この人、意外とすねるタイプなんだから。みずき責任《せきにん》とれよ」

「はあ?」

何それ、全然意味わかんないんですけど。

ひぐっちゃんは、パスタをくるくるフォークに巻《ま》きつけた。

「このあと、みずきと多摩川《たまがわ》氏で映画《えいが》にでも行ってきたら？」

多摩川《たまがわ》さんが力なく顔を上げた。

「なら、樋口《ひぐち》さんもいっしょに行きましょう」

ひぐっちゃんはフォークを左右にふった。

「いやいや、おれは遠慮《えんりょ》しとくわ」

「「どうして？」」

あたしと多摩川《たまがわ》さんとで同時に聞いた。あんまり同時すぎたのがおかしくて、顔を見合わせて笑っちゃった。

口いっぱいにほおばって、ひぐっちゃんはもごもごいった。

「おれ、金持ってないもん。そうそうタマちゃんの世話になってもいられない」

「そんなこといわないでください。ぼくのほうがお世話になってるんですから、当然です」

多摩川《たまがわ》さんはテーブルにつんのめりそうな勢《いきお》いだ。

ひぐっちゃんは昔話のオオカミっぽい顔で、ずるそうに目を細めた。

「ふーん、当然かあ」

あたしにはなんだか、多摩川《たまがわ》さんがこひつじちゃんに見えてきた。この人正直すぎて、きっと悪いオオカミにだまされる。

ずるそうにフォークを使って、オオカミはパスタの中のミートボールをつきさした。

「じゃあ、忙《いそが》しい身の上だけど、六時までなら付き合ってやってもいいや」

多摩川《たまがわ》さんはほっと息をついた。

あたしもほっとした。多摩川《たまがわ》さんとふたりきりだなんて、何を話したらいいのかわかんないし。

「あれ?」

あたしは首をひねった。どこかで何かが変な気がする。よくわかんないけど。

とにかく、あたしは腕《うで》を組んだ。

「ミエはっちゃって。どうせ一日じゅうヒマなくせに」

ひぐっちゃんは、にやっと笑って、

「いいや、六時に仕事が舞《ま》いこむ予定だ。美人の依頼人《いらいにん》が待ってるはずだからな」

ぱくん、とミートボールを口にほうりこんだ。

5

名探偵動きだす。

こっちの駅に帰ってきたのは、夕方の六時半だった。

「面白かったー」

あたしはさっきから何度も同じセリフをいった。全然期待しないで入った映画《えいが》だったけど、すごーくよかった。

「ぼく、ちょっと、ほろりときちゃいました。動物もの弱いんですよ」

多摩川《たまがわ》さんが恥《は》ずかしそうにいう。

「へえー、ちょっと？　ほろり？」

あたしは手で口を押《お》さえた。

多摩川《たまがわ》さんは、となりの席でずっとハンカチをにぎりしめていた。白クマの子どもが、最後にやっとおかあさんと再会《さいかい》するところなんか、声まで出して泣いていた。

それにひきかえ、ひぐっちゃんは映画《えいが》の間、ほとんど席にいなかった。

「おれは大人だからな。十八歳《さい》以下が見られるような映画《えいが》には興味《きょうみ》ないんだ」

ここに、小学生女子がいるのに、その発言はどうなのよ。

「多摩川《たまがわ》さん、どう思う？　こういう人」

あたしがふったら、多摩川《たまがわ》さんは肩《かた》をすくめて笑った。気のせいか、前よりも自然に話しかけられるようになった。よく知らないだけで、悪い人じゃないんだ。

多摩川《たまがわ》さんはマジメな顔になって、ひぐっちゃんに聞く。

「でも、六時をだいぶすぎてしまいました。ご都合があったんですよね、大丈夫《だいじょうぶ》ですか？」

ひぐっちゃんは歩きながらスマホをいじっていたけど、意味不明にいばって手を上げた。

「気にするな、大丈夫《だいじょうぶ》だ。女なんて、待たせるもんだ」

心配そうな顔になった多摩川《たまがわ》さんに、あたしがいった。

「どうせ、ミエはってるだけだから。このヒト、仕事なんてめったにないんだから」

ヒマな名探偵《めいたんてい》は、改札口の向こうに目をやった。

「いや、これからちょっと忙《いそが》しくなりそうだ」

その視線《しせん》をたどって、

「あっ」

あたしはつい、声を上げちゃった。

そこには、見たことのある女の人が立っていた。栗色《くりいろ》の長い髪《かみ》のすごい美人。学校で、氷室《ひむろ》先生をぴしっと平手打ちした人だ。いらいらした様子で、スマホを耳にあてている。

「あー、タマちゃん、お願いがあんだけどな」

ひぐっちゃんは女の人から目を離《はな》さずにいった。

「みずきをマンションまで送ってくれ。鏡子《きょうこ》さんももうすぐ帰ってくるだろ。水入らずでやってくれ」

なぜか申《もう》し訳《わけ》なさそうな顔になって、多摩川《たまがわ》さんが聞く。

「樋口《ひぐち》さんは、お仕事なんですね？」

「おれ、これからあの女をひっかけようと思う」

「「はあ？」」

あたしと多摩川《たまがわ》さんは同時に声を上げた。

「それと、悪いが二万ほど貸《か》してくれ。軍資金《ぐんしきん》」

「ひぐっちゃん！」

あたしは、かっとして声を上げた。そんなのってあんまりひどい。

でも、多摩川《たまがわ》さんはすぐにお財布《さいふ》を取り出した。

「わかりました」

お札《さつ》をもらってコートのポケットにつっこんだひぐっちゃんは、サングラスをかけた。

「本日は、ご苦労さまでありました。では解散《かいさん》！」

ふざけた敬礼《けいれい》をして、先に改札を出ていった。


ひぐっちゃんは女の人にずんずん近づいていって、平気で話しかけた。

女の人ははっきり迷惑《めいわく》そうな顔になったけど、ひぐっちゃんは引き下がらない。こりずに、あれこれ話しかけている。

「何やってんの、あんなんで相手にされるわけないじゃん……」

あたしはひとりごとみたいにつぶやきながら、わざとひぐっちゃんのとこから一番遠い改札を出た。人ごみにまぎれて、少しずつ近づく。

ちょうどのところに、飲み物の自動販売機《じどうはんばいき》がある。そのかげにさっとかくれた。

「あのう、みずきさん？」

あたしのすぐ後ろに、多摩川《たまがわ》さんがいた。あたしはふりむいて、人さし指を立てる。

「しいっ！　静かに」

多摩川《たまがわ》さんはあたしのいうとおりにした。


ひぐっちゃんはまだ、しつこく女の人に話しかけてる。

「駅前に、まあまあいいカフェがあるんです。日本茶メニューも充実《じゅうじつ》してるし、今週は和風デザートのフェアやってます。もちろんぼくがおごりますよ」

「だから、人を待ってるんですって」

女の人は自分のひじをぎゅっとかかえた。すごーく怒《おこ》って、すごーく警戒《けいかい》している。

その気持ちはよくわかる。街でいきなりひぐっちゃんみたいな、サングラスに金髪《きんぱつ》のおっさんに声かけられたら、そりゃ、大人だってかなりイヤだしこわいよね。

ひぐっちゃんは頭の上にある、駅の時計を指さした。

「待ち合わせは六時でしょ？　もう七時だ。残念ながら『待ち人来たらず』ってやつです」

女の人はスマホをかまえて、まともにひぐっちゃんをにらんだ。

「あんまりしつこくつきまとうと、人を呼《よ》びますよ」

にらまれたって、ひぐっちゃんは全然平気。にやにやしながら、低い声でいった。

「ゆきちゃんと氷室《ひむろ》先生は、今日は帰りません、奥《おく》さん」

「え？」

女の人は驚《おどろ》いた顔になる。

「ぼくは、通りすがりの探偵《たんてい》です。きっと、奥《おく》さんのお役に立てると思います。落ち着いた場所で、詳《くわ》しくお話ししましょ。さあさあ」

ひぐっちゃんは、どうぞどうぞと出口の方向を手で示《しめ》した。

ふたりは並《なら》んで歩きだした。いっしょに階段《かいだん》を下りていく。


胸《むね》がどきどきして、あたしはじっとしていられない。こういうときはどうする？

あたしはきっぱり宣言《せんげん》した。

「尾行《びこう》大作戦だ、あとをつける！」

「え？　ちょ、ちょっと待ってください、みずきさん」

多摩川《たまがわ》さんは驚《おどろ》いたみたいだったけど、あたしは待ったりしない。そんなことしてたら見失っちゃうもん。急いでふたりのあとを追いかけた。

階段《かいだん》を下りたら、ひぐっちゃんと女の人が見えた。駅前のロータリーを渡《わた》って、正面のビルに入るところだ。

「あの二階は、カフェでしたね」

すぐ後ろで、多摩川《たまがわ》さんがいった。なんだかんだいって、この人もついてくる気だ。

「よし、尾行続行《びこう》だ！」

あたしはロータリーを走ってつっきった。

今度は多摩川《たまがわ》さん、「ちょっと待ってください」とはいわないでついてきた。


二階に上がって、カフェのドアを押《お》す。

からんころん、からんころん。

大きく鐘《かね》が鳴った。あたしはびくっとして、多摩川《たまがわ》さんのジャケットをつかむ。つかんだまま、きょろきょろ店内を探《さが》した。カフェの中は思ったより広い。白くて明るくて、もう夜なのに、ざわざわわいわい、お客さんでいっぱいだ。

多摩川《たまがわ》さんが静かな声で短くいった。

「あそこ」

あたしも見つけた。

奥《おく》のボックス席に、ひぐっちゃんとあの女の人が、向かい合って座《すわ》っていた。

「いらっしゃいませ、何名さまですか」

かわいいコスチュームのウェイトレスさんがやってきた。

多摩川《たまがわ》さんは指をさした。

「二名です。あの、奥《おく》の席いいですか？」

指さした席は、ひぐっちゃんたちのすぐ後ろだ。

でも、そこにはオーナーらしきおじさんが座《すわ》っていて、しぶい顔で伝票の束を見ている。

「どうしましょ……」という気持ちが、ウェイトレスさんの顔にはっきり表れた。

でも多摩川《たまがわ》さんは、にっこり笑ってくり返した。

「あの、奥《おく》の席いいですか？」

目の前で花火がはじけたみたいに、ウェイトレスさんは返事をした。

「かしこまりました！」

音速でオーナーと伝票を片《かた》づけてテーブルをふいて、光速でもどってきた。

「どうぞ、ご案内いたします」

多摩川《たまがわ》さんの笑顔は女子必殺《ひっさつ》なのだ。たいがいの女の人は、このヒトのいうとおりにしたくなっちゃうみたい。

入り口で新聞と雑誌《ざっし》をとって、あたしたちは顔をかくしながら進んだ。

横を通ったけど、ひぐっちゃんは気づいてない。ずっと女の人に話しかけている。

無事に席に到着《とうちゃく》。あたしは限界《げんかい》まで体を低くしてひぐっちゃんのすぐ後ろに、多摩川《たまがわ》さんはちょっと迷《まよ》ってから、あたしの向かいの席にちんまり座《すわ》った。

はてな顔のウェイトレスさんにメニューを指さし、ふたりとも無言で注文をすませた。


ソファの背《せ》に低くぴったり頭と背中《せなか》をくっつけて、あたしはよーく耳をすませた。

ひぐっちゃんの声が聞こえる。

「……もちろん、あなたは警察《けいさつ》に通報《つうほう》してもいい。離婚《りこん》した親が、子どもを連れ去るという事件《じけん》は、この国でもけっこう増《ふ》えた。れっきとした誘拐罪《ゆうかいざい》だ」

「ゆうかい？」

あたしは思わず多摩川《たまがわ》さんを見たけど、「なんのことやらさっぱり」という顔で見返された。まあ、多摩川《たまがわ》さんは氷室《ひむろ》先生のことをあんまり知らないんだから無理ないか。

あたしはそうーっと背《せ》すじをのばしてふりかえる。ソファの背《せ》もたれの向こうに、ぼさぼさの麦わら色の髪《かみ》が見える。

その向かい側に女の人がいた。いらいらスマホをにぎりしめ、ひぐっちゃんをにらむ。

「あなた、いったい何者？」

少なくとも、デートって感じじゃない。けど、ひぐっちゃんの声はうれしそうだ。

「ですから先ほど申しましたでしょう、ほんの通りすがりの探偵《たんてい》です。腕《うで》はいいですよ」

自分で自分のこと「腕《うで》がいい」なんていう探偵《たんてい》って、どうなんだろう。まず、信用されないんじゃないの？

あたしが心配してるのも知らないで、ひぐっちゃんは調子よく話を続ける。

「ぼくは警察《けいさつ》についても詳《くわ》しい。あなたが今から警察署《けいさつしょ》に行ったとしましょう。警察署《けいさつしょ》は、おまわりさんがつくだ煮《に》にするほど大勢《おおぜい》いますが、すぐには動きません。こういわれるでしょう。『まあまあ、奥《おく》さん、ここはひとつ様子を見ましょうや』ってね。誘拐《ゆうかい》といっても、脅迫《きょうはく》電話の一本もなけりゃ、連中やる気を出さないんです」

女の人はぐったりとうつむいた。

「なら……どうしたらいいの」

質問《しつもん》に答える代わりに、名探偵《めいたんてい》は変なことをいいだした。

「ぼくは、氷室《ひむろ》先生がうらやましいな」

女の人はきっ、と顔を上げた。

「からかってるの？」

「いえいえ、まさか」

わざと怒《おこ》らせたいのか、ひぐっちゃんは軽いふうにしゃべる。

「人を憎《にく》むにはエネルギーがいります。相手を思う気持ちがなければ、わざわざそんなことはしない。用事なら、メール一本打てばすむ時代です。勤《つと》め先まで乗りこんで、平手打ちかましてくれる相手なんて、ぼくには望みようもない。だから、うらやましい」

ソファにはりつきながら、あたしの胸《むね》はどきどきした。

ひぐっちゃん、学校で先生がたたかれた現場《げんば》を見てたんだ。

「あなたねえ」

女の人は、今にも立ち上がりそうになった。

まあまあ、というふうに、ひぐっちゃんが手のひらを上げる。

「いや、これは横道にそれました。でも、ここで警察《けいさつ》へ通報《つうほう》するのはあんまりおすすめしないなー。おまわりさんたちは頼《たよ》りないし、万が一、外にもれたら大事《おおごと》になっちゃうし。学校の先生が誘拐犯《ゆうかいはん》だなんて、けっこうなスキャンダルですよね？　ひょっとして、あなたの目的はそれだったりして？」

女の人は静まった。静まったといっても、本当に本当に怒《おこ》ったときの、あたしのおかあさんみたい。つまり嵐《あらし》の前の静けさ。こわくなって、あたしは自分で自分をだきしめた。

女の人は半分笑うみたいな顔で口を開く。とぎれとぎれに聞いた。

「私《わたし》は……娘《むすめ》を心配する、ただの母親に、見えないかしら？」

「ですよねー、そんな騒《さわ》ぎに、かわいいゆきちゃんを巻《ま》きこめないっすよねー」

ひぐっちゃんはぼりぼり頭をかいていたけど、親指で自分の顔を指さした。

「そこで、この名探偵《めいたんてい》の出番なんす。どうか、ぼくを雇《やと》ってください」

「はあ？」

女の人の顔と声は心底あきれてる。あたしもだいぶあきれた。

でも、ひぐっちゃんは全然気にしてない。

「ぼくなら、明日の日曜の夜までに、ゆきちゃんを連れもどせます。先生もゆきちゃんも、何事もなかったように月曜の朝、学校に行ける。町内は平穏《へいおん》、世界は平和だ」

女の人はいらいらした動作で、顔にかかった髪《かみ》をかき上げる。

「あなたの目的は？　何が欲《ほ》しいの？」

ひぐっちゃんは声を低めた。

「もちろん、金だ」

用心深そうに、女の人は目を細めた。

ひぐっちゃんはコーヒーをかちゃかちゃスプーンでかきまぜ、軽い口調にもどった。

「何、たいした額《がく》じゃありません。こんな人生の重要問題を、ちょっぴりのお金で解決《かいけつ》できるなんて便利でしょ？　信用できないのなら、報酬《ほうしゅう》は後払《あとばら》いでけっこう。ま、奥《おく》さん美人だし、お安くしときますよ」

女の人はおでこに手をあてて、じっとうつむいた。いろいろ考えているようだ。

その間ずっと、ひぐっちゃんはコーヒーカップをかちゃかちゃいわせ続け、あたしは動かないで耳をすませていた。

一年くらい、時間がたった気がした。いや、ほんとは一分くらいかな。

「ふつうの人だったら……」

やっと、女の人は顔を上げた。

「こういうとき、席をけって出ていくんでしょうね。こんなのサギに決まってるもの。でも、あんたぐらいうさんくさいと、かえって信じてもいいか、って気になっちゃう」

「では、契約《けいやく》成立ですね。まいどありがとうございます」

ひぐっちゃんは前のめりになって、女の人に握手《あくしゅ》の手を差し出したけど、無視《むし》された。

でもちっともめげないで、コートのポケットから、ごそごそ手帳とペンを出す。

「では、調査《ちょうさ》に先立ち、いくつか質問《しつもん》したいんですがね。まず、あなたのお名前は？」


女の人が出ていってからもずっと、ひぐっちゃんは手帳に細かな字を書きこんだり、スマホをチェックしたりしていた。

ソファに背中《せなか》ではりつきながら、あたしはぼうっと考えた。

あの女の人、氷室《ひむろ》先生の奥《おく》さんなんだ、えっと、もう離婚《りこん》したみたいだけど、氷室《ひむろ》先生に家族がいたなんて、あんな感じの奥《おく》さんがいて、あんな感じの女の子がいたなんて、すっごく不思議、学校での先生と全然つながらない……がちゃん！

後ろでカップを置く音で、あたしは現実《げんじつ》にもどった。

「そろそろ、出てこいや」

真上からの声に、あたしと多摩川《たまがわ》さんは同時にびくーん、と体をつっぱらかせた。

おそるおそる、あたしは真上を見る。

ソファの背《せ》もたれにあごを乗せて、ひぐっちゃんがこっちを見下ろしていた。

「みずきだけならともかく、タマちゃんまで何やってんのよ」

サングラスを上げて、あきれたふうに目を細める。

あたしと多摩川《たまがわ》さんはあたふた、ばたばた、手をふった。

「あれ？　ひぐっちゃん、いたの？　いたんだ？　ぐうぜーん」

「あの、鏡子《きょうこ》さんからですね、もう少し遅《おそ》くなりますってメッセージが、それで……」

ひぐっちゃんは顔をひっこめた。

「ま、いいからこっちのテーブルに来い。しゃべりづらい」

あたしらは自分のカップをそれぞれ持って、こそこそテーブルを移《うつ》った。

座《すわ》るなり、あたしは聞いた。

「ひぐっちゃん、学校で、先生があの人にたたかれたの見てたんだね？」

だらしなくソファにもたれ、ひぐっちゃんは水を飲む。

「まあな。おまえがうらなりにどんなふうに説教されるのか見物しようと思って、あとをつけた。尾行《びこう》は、実用を兼《か》ねたおれの趣味《しゅみ》かつ特技《とくぎ》だからな」

「え、たたかれた？　え、誰《だれ》が？　誰《だれ》に？」

なんにもわかってない多摩川《たまがわ》さんが、あたしとひぐっちゃんの間でおろおろする。

「タマ、うるさい」

「……すみません」

ひぐっちゃんに叱《しか》られ、しょんぼり肩《かた》をすくめた。

気《き》の毒《どく》だけど、まあそれはいいや。あたしには、ほかにいいたいことが山ほどあった。

「どうやって先生を見つけるつもり？　自信あるの？　あ、そうか、これからロリパ行くんでしょ。あたし、ついてったげる」

「はあああ」

長いため息をついて、ひぐっちゃんは水のグラスを置いた。サングラスをはずし、目と目の間をつまんだ。

「行かねえよ。あんなアホみたいに混《こ》んでる場所探《さが》すなんぞ、時間と労力と金のムダ」

「でも、きっといるはずだよ、ねえ」

あたしは多摩川《たまがわ》さんを見上げる。

多摩川《たまがわ》さんはちょっと首をかしげたけれど、あいまいにうなずく。

「ロリパって、例のテーマパークですよね？　あそこなら、三人で手分けして、主要ゲートを張《は》れば、見つけられる可能性《かのうせい》は高いんじゃないでしょうか？」

目と目の間をつまんだまま、ひぐっちゃんがツッコむ。

「あんたも、ムダなやる気見せてんじゃねえよ」

「いえ、ただですね」

多摩川《たまがわ》さんのほっぺたはなぜか赤かった。

「調査《ちょうさ》にはある程度《ていど》、経費《けいひ》も人手もかかりますよね？　お財布《さいふ》が必要なんじゃないかと」

横であたしもうんうん、深くうなずいた。

「なら、金だけよこせ」

かみつくみたいにいわれたけど、多摩川《たまがわ》さんはへこたれない。まっすぐ顔を上げた。

「ひとりでは、できないこともあるでしょう？　助手は必要だと思います。樋口《ひぐち》さん、みずきさんとぼくを連れていってください」

すかさず、あたしもいった。

「連れてってお願い。決しておじゃまはしないから」

ひぐっちゃんはまゆ毛を片方《かたほう》だけ上げ、あごをつきだした。白っぽい目が多摩川《たまがわ》さんをにらむ。

「あんた、そこまでして、みずきの機嫌《きげん》をとりたいのか?」

多摩川《たまがわ》さんはびくっとする。

ひぐっちゃんはペンをつかんで、こん、とテーブルをついた。

「これは子どもの遊びじゃない、大人の仕事だ。万が一、みずきを危《あぶ》ない目にあわせてみろ、鏡子《きょうこ》がすっとんできて、地球の裏側《うらがわ》までぶっとばされるぞ。おまえは知らないだろうが、あの女はそういうとき、手負いの母グマの何倍も凶暴《きょうぼう》なんだ。そういうのイヤなんだよ、少なくともおれは」

「おまえは知らないだろうが」っていうところに、変に力が入っているって、あたしは思ったけど、今はそれどころじゃない。

あたしはきっぱりいった。

「あたしは役に立つ。尾行《びこう》もうまいし、アドリブもきく」

ひぐっちゃんはのら犬みたいにうう、とうなって、テーブルを手のひらでたたいた。

「人の話聞いてた? おまえはよくても、おれがイヤなの!」

多摩川《たまがわ》さんはうつむき、ゆっくりいった。

「そうですね、ぼくは大人を忘《わす》れていた。無責任《むせきにん》でした」

麦わらみたいな髪《かみ》をばりばりかきまわし、ひぐっちゃんは多摩川《たまがわ》さんを指さした。

「そうやっていちいちすねるな！　タマ、おまえ、めんどくさいんだよ」

多摩川《たまがわ》さんは、あたしの目を見てうなずいた。

「ただ、みずきさんには、その、ゆきちゃん？　女の子の気持ちがわかる。いても立ってもいられない気持ちなんです。今度のことで、心の傷《きず》が少しでも軽くすむように、より添《そ》ってあげられるのは、みずきさんだ」

「心の傷《きず》だなんだ、ぬるいこといってんじゃねえよ、こっちはなあ……」

ひぐっちゃんはそこで、ちょっと首をかしげて顔を赤くした。

多摩川《たまがわ》さんは、にこっとした。

「ええ、そして氷室《ひむろ》先生の気持ちが一番わかるのは、樋口《ひぐち》さんです。だから、樋口《ひぐち》さんはこの問題に首をつっこんだんでしょう？　だったら、みずきさんの気持ちだってわかるはずです。ぼくだって、おふたりの後ろでネコの手ぐらいには役立つと思いますよ。大人がふたりついていれば、鏡子《きょうこ》さんも安心でしょう」

ひぐっちゃんはますます、顔を赤くした。

「ちょっと待て、ちょっと待て、話を変な方向に流すんじゃない」

あたしはしっかり顔を上げた。

「あたし、氷室《ひむろ》先生のこと助けたい。あの子のことも助けたい」

空《から》だとわかっているくせに、ひぐっちゃんはコーヒーカップを取り上げた。底に残ったコーヒーのしずくをゆすって、口へ落とそうとする。

あきらめたのか、がちゃん、とカップを置いた。

「イヤなものを見るかもしれない。先生を助けられるなんて、おれは思っていない」

あたしは前のめりになって叫《さけ》んだ。

「でも、もう、見ないふりなんかできない」

「ガキが」

吐《は》き捨《す》てるようにいって腕《うで》を組んだ。天井を向く。

「……とにかく、今日は行かない」

「どうして？」

「もう遅《おそ》い。あの先生が娘《むすめ》をこんな夜遅《よるおそ》くまで、外でほっつき歩かせるか？」

「でも、時間がないでしょ。そんなことといってたら日曜日中に見つからないかもよ。明日になったら、氷室《ひむろ》先生、どこへ向かうかわからないし」

ひぐっちゃんは腕《うで》をほどいて、いきなり立ち上がった。

「おれ様の調査能力《ちょうさのうりょく》をなめんな。つうか、こんな時間に小学生が喫茶店《きっさてん》にいていいと思ってんのか。タマ、このガキを家まで連行しろ」

「ひぐっちゃん！」

手帳やらペンやらスマホやら、それからどさくさまぎれにスティックシュガーを何本か、ひぐっちゃんはまとめてコートのポケットにつっこんだ。

「帰って、鏡子《きょうこ》さんの承諾《しょうだく》をとってこい。明日の朝七時に駅の改札前集合。一秒でも遅《おく》れたら、置いていく」

「ひぐっちゃん！」

あたしは両手を胸《むね》の前で組んで、うるうる見上げた。

名探偵《めいたんてい》は顔をそむけてサングラスをかけた。ぶつぶついいながら、先に出ていった。


細い月がかかっていた。

もうすぐうちのマンションに着く。

「ありがとう」

歩きながら、あたしはくるりとふりむいた。

少し後ろを歩いていた多摩川《たまがわ》さんは、一秒の何分の一かの時間ぽかんと口を開け、すぐにいつものきりっとした顔にもどった。

「いいえ、ぼくは何もしてませんよ」

あたしは、後ろ向きに歩きながらいった。

「ひぐっちゃんを説得《せっとく》してくれたでしょ」

多摩川《たまがわ》さんはさわやかに笑った。

「樋口《ひぐち》さん、みずきさんについてきてほしそうでした。あはは、ぼくまでついてくるのは想定外だったんでしょうけど」

「ついてきてほしそうだった?」

「ええ、だって本気でダメだと思っていたら、駅の改札で、『これから、あの女をひっかけようと思う』だなんて、ぼくたちにいうわけないじゃありませんか」

それもそうか。あたしは頭の後ろで腕《うで》を組んだ。ホント、素直《すなお》じゃないんだから。でも、素直《すなお》じゃないといえば……もうひとりいるような。

「あの、それからね」

あたしは腕《うで》をもどして、声を小さくした。

「はい？」

多摩川《たまがわ》さんは歩調を速めて、あたしのすぐ横に並《なら》んだ。「さあ、どうぞ」というふうに、微笑《ほほえ》む。

「えっと……こ、こないだは、は、は」

あたしはどきどきして、口がからまる。でも、いわなくちゃ。

「あたし、多摩川《たまがわ》さんにひどいこといった、ごめん、なさい」

「ひどいことなんて」

にっこり首をかしげた多摩川《たまがわ》さんの胸《むね》で、何かがぶーんとミツバチみたいにうなった。

「あっと、ちょっとごめんね」

ポケットから出したスマホの明かりで、多摩川《たまがわ》さんの顔が明るくなる。

「おかあさん、もう帰ってるそうです。晩《ばん》ごはん、食べましたか？　って」

そう聞かれて、あたしはおなかが空《す》いているのに初めて気がついた。

でも、なんでおかあさんったら、あたしじゃなくて多摩川《たまがわ》さんに連絡《れんらく》するのかな。やっぱひっかかっちゃう。

自分から返事をしようと、あたしはおしりのポケットのケータイをつかんだ。

「あれ？」

手ざわりが明らかにちがう。なんだかかさかさする。

一気に引き抜《ぬ》いて、街灯に照らした。

「え、これって」

多摩川《たまがわ》さんが顔を近づける。

「……かまぼこ板のように、見えますが」

そのとおり。あたしの手の中にあったのは、あたしの赤いケータイじゃない。かすかに生ぐさい、かさかさした板切れだ。

あたしは頭の中身を忙《いそが》しく早もどしする。最後にケータイをいじったのは……？

「ああ！　イタリアンレストランの、トイレんとこだ」

——ひぐっちゃんはしばらくだまって立ってたけど、思いついたように聞いた。

「おいみずき、ちゃんと携帯《けいたい》の電源《でんげん》入ってる？　鏡子《きょうこ》さんに心配かけるの、おれイヤだぜ」

あたしはごしごし目をそででふいて、デニムのおしりのポケットから赤いケータイを出してみせた。

ひぐっちゃんは受け取って画面を確認《かくにん》してから、

「なら、いい。とっとと席にもどれよ。多摩川《たまがわ》にうんこしてると誤解《ごかい》される」

と、もとのポケットにねじこんだ。

あたしはマンションに向かって走りだした。多摩川《たまがわ》さんが後ろで呼《よ》んでいるけど、かまっちゃいられない。

「おかあさん！」

靴《くつ》をぬぎながら、玄関《げんかん》で叫《さけ》んだ。

「おかえり、授業参観《じゅぎょうさんかん》どうだった？」

エプロン姿《すがた》でおたまを持ったおかあさんが、リビングのドアを開けた。家の中はあったかくって、カレーのいいにおい。

あたしはあらい息でいった。

「おかあさんの、スマホ見せて」

「あらら、もう、バレちゃったの？」

おかあさんはほっぺに軽く手をふれた。

やっと靴《くつ》をぬいで廊下《ろうか》をどかどか走って、あたしはおかあさんに迫《せま》る。

「おかあさん、ひぐっちゃんとキョウボウして、あたしをだましたんだね」

おかあさんはすいっとあたしを通りすぎ、多摩川《たまがわ》さんの腕《うで》をひっぱった。

「手抜《てぬ》きなんだけど、食べてって」

多摩川《たまがわ》さんは顔を赤くした。

「いやあ、一日仕事した人に作らせて、悪いなあ」

「変なこと気にしないの。で、授業参観《じゅぎょうさんかん》はどうだった？」

「えーっと……」

多摩川《たまがわ》さんは、頭をかいて口ごもる。

「おかあさんってばあ！」

両腕《りょううで》をぐるぐるまわして、あたしは再突入《さいとつにゅう》する。剛速球《ごうそっきゅう》を何げに受ける名捕手《めいほしゅ》のように、おかあさんはあたしの頭をつかんで動きを止めた。うなっているあたしは、洗面所《せんめんじょ》に押《お》しこまれた。

「別にだましてないよ。緊急《きんきゅう》の用でみずきの携帯《けいたい》使うからって、丈一《じょういち》が電話してきたから、そうですかって承諾《しょうだく》しただけ。ふたりともちゃんと、手を洗《あら》ってうがいをしてきてよ」

多摩川《たまがわ》さんはジャケットをきちんとハンガーにかけてから、シャツのそでをまくった。

「あのう、なんだか、ぼくだけ見えてないみたいですね。いったい、なんのこと？」

洗面所《せんめんじょ》で、あたしはぴょんぴょんはねた。

「あたしのケータイ、おかあさんとひぐっちゃんのふたりで、位置確認《かくにん》できるの」

「ああ、みずきさんの居場所《いばしょ》がＧＰＳでわかるってやつですね」

あたしが手を洗《あら》うと、多摩川《たまがわ》さんが新しいタオルを手渡《てわた》してくれた。

あたしはばたばた、じだんだをふんだ。

「そのケータイ、昼のレストランでひぐっちゃんに、かまぼこ板にすりかえられたの！」

多摩川《たまがわ》さんは横を向いた。思わずふきだしたらしい。

せまい洗面所《せんめんじょ》であたしと多摩川《たまがわ》さんは交代で手を洗《あら》い、うがいをすませた。

おかあさんがじっとこっちを見ている。あたしが見返すと、笑いながら、首とおたまをふってキッチンにひっこんじゃった。

テーブルにはカレーうどんのどんぶりが三つ、湯気を上げていた。

熱かったけど、あたしは一気に食べちゃった。おかあさんのカレーうどんには牛乳《ぎゅうにゅう》がたっぷり入ってて、とろりと甘《あま》いのにスパイシー、ほかでは食べられないおいしさだ。

「で、かまぼこ板とすりかえた、みずきさんの携帯《けいたい》は、今どこにあるんですか？」

白いシャツに飛ばさないよう、多摩川《たまがわ》さんはれんげで慎重《しんちょう》にカレースープをすくう。

「ゆきちゃんのリュックの中」

ひぐっちゃんが、つまずいた女の子をかかえて助けたときのことを説明した。

「へえー、すごいですね。そのとき、気づかれずに携帯《けいたい》をリュックにしのばせた」

多摩川《たまがわ》さんは素直《すなお》に感心してる。

「あの自信は、そこから来ていたわけですか。しかも樋口《ひぐち》さんは、先生がゆきちゃんを帰さなくなることを予想していたんですね」

あたしはイタリアンレストランでの、氷室《ひむろ》先生の顔と声を思い出していた。

——これからふたりで遊園地に行くか、ゆき。

先生のあの顔と声に気がついて、ひぐっちゃんは、先生がゆきちゃんを帰さなくなるって予想したんだ。でも……あたしは首をひねる。

「ちょっと大げさじゃない？　こんな、まるで誘拐事件《ゆうかいじけん》みたいにしちゃって」

お茶の湯のみをあたしと多摩川《たまがわ》さんの前に置いて、おかあさんがとなりに座《すわ》った。

「離婚《りこん》していっしょに暮《く》らしてない親は、子どもといつどうやって会うか、けっこう細かく決めるんだって。場合によっては、間に弁護士《べんごし》とか裁判所《さいばんしょ》とかが入ることもある。まあ、おうちによってそれぞれで、先生のおうちがどうか、わかんないけど」

あたしはけっこう心配になってきた。

「じゃ、氷室《ひむろ》先生、おまわりさんに捕《つか》まっちゃう？」

おかあさんはにっこり笑って、あたしの頭にぽん、と手を置いた。

「だから、そうならないように、丈一《じょういち》がいろいろ考えてるんでしょ。だいじょぶよ」

あたしはうなずいて、おかあさんを見上げる。

「うん。多摩川《たまがわ》さんが、ひぐっちゃんには先生の気持ちが一番わかるんだって」

あたしがいうと、多摩川《たまがわ》さんとおかあさんはそっと目を見合わせた。

気づかれないと思ってるらしいけど、そういうの、いつもあたしはわかっちゃう。だから、どうってことはないんだけど……ううん、けっこう気になる。

あたしはおかあさんのスマホを見る。ターゲットは今、ロリパ近くのホテルにいる。

「でもどうして、ひぐっちゃん、ゆきちゃんのおかあさんに、そのことをいわなかったんだろう？　居場所《いばしょ》がこんなにはっきりわかっているなら、すぐにでもゆきちゃんを取りもどせるのに。それに先生にケータイ見つかって捨《す》てられたら、おしまいじゃん」

「樋口《ひぐち》さんはやさしい人だ。きっと、先生とゆきちゃんが」

多摩川《たまがわ》さんは温めるように、両方の手のひらでどんぶりを包んだ。

「せめて今夜だけでもふたりきりで過《す》ごせるようにって、考えたんでしょう」

うどんを食べながら、おかあさんはちょっと怒《おこ》ったみたいな顔になる。

「それって、やさしい？　母親からしたらたまんないよ」

あたしは、おっさんのことを考えた。

きっと今は、ひとりぼっちのはずだ。

お金残ってるのかな？　ちゃんと晩《ばん》ごはん食べたかな？

6

先生は誘拐犯？

翌日《よくじつ》の朝七時、駅の改札前。その約束の十分前に、あたしと多摩川《たまがわ》さんは着いた。

ひぐっちゃんはもう来ていた。飲み物の自動販売機《じどうはんばいき》にもたれて、しゃがみこんでる。全体が薄汚《うすよご》れて、目の下が黒くなってて、かすかにお酒のにおいもする。

カードを持って自販機《じはんき》に近づいたおにいさんが異変《いへん》に気がついて、大きくカーブして逃《に》げていった。明らかに営業妨害《えいぎょうぼうがい》である。

あたしはあきれて、腰《こし》に手をあてた。

「ひぐっちゃん、ちゃんと家に帰ったの？」

「帰ったよ。でも、こわい夢見《ゆめみ》て、よく眠《ねむ》れなかった」

冗談《じょうだん》なのかホントなのか、よくわからない。

「お風呂《ふろ》入った？　ごはん食べた？　歯みがいた？」

「おまえはカトちゃんか」

「カトちゃんって誰《だれ》？　おかあさんも来たがってたんだよ。でも、今日もお仕事で」

よっこらしょっと、あたしは汚《きたな》いコートごとおっさんをひっぱり上げる。

「鏡子《きょうこ》さんまで来たら、ただの行楽じゃん」

やっとひぐっちゃんは立ち上がった。

「おはようございます」

さわやか教の教祖《きょうそ》って感じで、多摩川《たまがわ》さんがあいさつした。

ひぐっちゃんは、つぶれたいもむしでも見るみたいな顔になった。それから、あたしを自販機《じはんき》のかげにひっぱっていって、声をひそめる。

「多摩川《たまがわ》の服が、昨日と同じようだが？」

あたしはできるだけ、あっさり聞こえるように答えた。

「うん、だって昨日、うちに泊《と》まったんだもん」

もともと少ない目の光が消え、まぶたが半分落ちた。

「……あ、そうですか」

ひぐっちゃんはなんか急に自分のスニーカーが気になったらしく、じーっと見つめた。

多摩川《たまがわ》さんがうちに泊《と》まっていくことは、たまにあるんだけど、そのことをいうのは絶《ぜっ》対《たい》にやめようと、あたしは心にちかった。

「もう、電車来ますよー」

多摩川《たまがわ》さんは三人分の切符《きっぷ》を買っていた。改札前でさわやかに手をふっている。

さわやか教の教祖《きょうそ》、今朝はちょっとうざったい、ってあたしは思った。


電車はそんなに混《こ》んでなくて、三人並《なら》んで座《すわ》れた。あたしのとなりはどっちもおっさん。

「何か作戦があるんですか？」

多摩川《たまがわ》さんが、あたしの頭の上で聞いた。

線路のリズムと窓《まど》からのあったかい朝日に、うとうとしかけていたひぐっちゃんは、びくん、と体をつっぱらかした。

ドア近くに群れていたジャージのおねえさんたちが、くすくす笑う。

多摩川《たまがわ》さんは自分が笑われたみたいに、肩《かた》を縮《ちぢ》めて顔を赤くした。

「作戦？」

ひぐっちゃんは気合の入らない声で聞き返し、口に手をあてた。

「腹減《はらへ》った。向こうに着いたらとりあえずなんか食う作戦」

おかあさんの特製《とくせい》フレンチトーストをたっぷり食べてきたあたしと多摩川《たまがわ》さんは、目を見合わせる。多摩川《たまがわ》さんはますます居場所《いばしょ》がない感じで、ますます体を縮《ちぢ》めた。

「ポイントはいくつかある」

ひぐっちゃんはさっきより、ほんのちょっとしっかりした声を出した。

「まず、相手にこっちの意図をさとられないこと。氷室《ひむろ》はプライドの塊《かたまり》のような男だ。おれたちが子どもをうばい返しに来たことを知られてはならない。追いつめて、わけのわからない行動に走られたらまずいからな」

あたしはそっとひぐっちゃんの横顔を見上げた。まだ眠《ねむ》そうな顔だ。

「つまり、どうすんの？」

「おれたちは偶然《ぐうぜん》氷室《ひむろ》親子に出会って、いっしょに帰る。そういうダンドリ」

あたしは口をはさんだ。

「なら、かわいい女子小学生がいてよかったじゃん。ひぐっちゃんがひとりで偶然《ぐうぜん》ロリパにいるのも不気味だし、氷室《ひむろ》先生と意気投合していっしょに帰るってのも、考えられないっしょ？」

おっさんは、かわいい女子小学生を無視《むし》した。

「子どもが母親のもとにもどれば、任務《にんむ》は完了《かんりょう》だ。母親が警察《けいさつ》に届《とど》けてないと知らせることも重要だ。氷室《ひむろ》に、何事もなくもとの生活にもどれると理解《りかい》させる」

小さく縮《ちぢ》んだまま、多摩川《たまがわ》さんは首をひねる。

「難《むずか》しいですね。こちらの意図を知られずに、母親のことを知らせるのは」

ひぐっちゃんはあくびをして、腕《うで》を組んだ。

「ま、なるようになるさ。一から十まで作戦立ててたら、動きがとれない」

「でも、先生素直《すなお》に帰ると思う？」

あたしは、レストランでの先生の顔を思い出していた。

ひぐっちゃんは眠《ねむ》そうな目を、あたしに向けた。

「そりゃ、帰る場所があるなら帰るさ。今度のことは衝動《しょうどう》的にやったことなんだろうし」

「そう思う？　でも、先生はなんでゆきちゃんを連れていったの？　もう会えなくなっちゃうからでしょ。新しいパパができたから、もう先生とゆきちゃんは会わないって約束になった。でも先生はそれにがまんできなかったし、ゆきちゃんもイヤだった。だから、先生はゆきちゃんを帰さなかったんでしょ。何も変わってないじゃん。もどったら、もう会えなくなっちゃうんだよ。ふたりはいっしょにいたいのに……」

言葉はいっぱい出てくるのに、あたしは話したいことの半分も話せない。

ひぐっちゃんはめんどくさそうに、ため息をついた。

「みずき。おれたちにはそこまで介入《かいにゅう》できない。昨日もいったが、家庭の事情《じじょう》ってやつだ。母親と父親がいったん合意した約束には、意味がある。何より、子どもにとって一番ためになるようになるように考えられた約束なんだからな。氷室《ひむろ》が一方的に破《やぶ》るのはやはりまちがっている。感情《かんじょう》だけでは決められないんだよ。ただ、この事件《じけん》がきっかけで、話し合いが持たれて、新しい約束を決めるという希望もなくはない。あの女が……」

そこでごほごほせきこんだ。なんだか、ごまかすようなせきだった。

「あのう、細かい事情《じじょう》は、みずきさんから聞いたのですが」

おそるおそる、多摩川《たまがわ》さんが口をはさんだ。

「ゆきちゃんが新しいパパにぶたれた、というのが本当なら、ゆきちゃんは氷室《ひむろ》先生といっしょに暮《く》らせるのでは？」

おっさんはマジメな顔で多摩川《たまがわ》さんを見た。

「明らかな虐待《ぎゃくたい》の証拠《しょうこ》でもつかめればな。でも、そんなに簡単《かんたん》じゃない」

大きな駅で二回乗りかえた。まわりの人はどんどん増《ふ》えてくる。はぐれたらこわいので、あたしは手近なおっさんの服をぎゅっとつかんで歩いた。最初の乗りかえは多摩川《たまがわ》さんの上品ジャケット、次のときはひぐっちゃんの小汚《こぎたな》いコート。別に気を使ったわけじゃないけど。

ラッキー、今度の電車も三人並《なら》んで座《すわ》れた。

あたしは夢中《むちゅう》になって、窓《まど》から見える風景を見た。だんだん建物の背《せ》が高くなって都会って感じだ。いつの間にか電車も高いところを走っている。

多摩川《たまがわ》さんは真剣《しんけん》な顔でうつむいている。さっきからずっと考えてるらしい。

「うーん、そもそも子どもとの面会時間を多少すぎても、実の父親ですから、誘拐《ゆうかい》というのは大げさでは？」

ひぐっちゃんはあきれた顔で多摩川《たまがわ》さんを見る。

「もう翌日《よくじつ》になってるっつうに、『多少すぎても』だと？　金平糖《こんぺいとう》にどっさり砂糖《さとう》かけたくらい甘々《あまあま》だな」

「はあ……どうもすみません」

多摩川《たまがわ》さんはしょぼんとした。

ひぐっちゃんは電車の天井を見上げる。

「母親が出るとこに出れば、氷室《ひむろ》はりっぱな誘拐犯《ゆうかいはん》だ。しかもあいつは教員だぞ」

昨日の夜、おかあさんもそんなことといってたけど、あたしには、やっぱ現実《げんじつ》って感じがしない、氷室《ひむろ》先生が誘拐犯《ゆうかいはん》だなんて。

「今回の問題は、母親が今も氷室《ひむろ》を憎《にく》んでいるってところに原因《げんいん》がある。つまり、心が残っている……」

ひぐっちゃんは首をぐりぐりまわし、ポケットからサングラスを出してかけた。

「しかし、ややこしいことに首つっこんじまった。タマ、みずきの父親が死んでて、ラッキーだったな。殺《ころ》したおれに感謝《かんしゃ》しろよ」

「！」

多摩川《たまがわ》さんは大きくびくっと体をひきつらせた。その勢《いきお》いでとなりのあたしがぽん、とはねたほどだ。

ひぐっちゃんはもう腕《うで》を組んでうつむいて寝《ね》ている。たぶん寝《ね》たふりだ。

「あれは、不幸な事故《じこ》でした」

多摩川《たまがわ》さんはささやくような、でも力のこもった声でいった。

「鏡子《きょうこ》さんがすっかり話してくれました……断《だん》じてあなたの責任《せきにん》ではない。樋口《ひぐち》さん、ぼくはあなたを尊敬《そんけい》しています。そんなひどいことといわないでください。自分をわざと傷《きず》つけるようなことを」

ひぐっちゃんは目を閉《と》じたまま動かない。

あたしも動けなかった。今の、どういう意味？　ひぐっちゃん、あたしのおとうさんが死んじゃったことと、何か関係があるの？

多摩川《たまがわ》さんは真剣《しんけん》な顔でうつむいているし、ひぐっちゃんは寝《ね》たふりしたまんまだし、とても、子どものあたしがいろいろ聞ける感じじゃない。

聞こえなかったことにしよう……あたしはそう思った。

また電車の窓《まど》から外を見た。電車は進んでいく。ずいぶん遠くに来たって感じ。うちの近くならあたりまえの山や畑や雑木林《ぞうきばやし》が、ここにはなかった。

あるのは、高層《こうそう》マンション、工場や倉庫、公園、トラックでびっしりの駐車場《ちゅうしゃじょう》、怪獣《かいじゅう》みたいな橋、それから海……どれもこれも巨大《きょだい》でだだっ広くって、五月なのにかわいたこがらしが吹《ふ》いてるみたいな埋立地《うめたてち》の風景だ。

やがて遠くに、ロールケーキが積み重なったっぽいデザインの建物が見えてきた。

「ひゃあ！」

あたしは小さい子みたいに、おでこを窓《まど》ガラスに押《お》しあてた。

パステルカラーのローリーポーリー駅は、夢《ゆめ》の国の入り口だ。いろんな場所にかくれているキャラクターを探《さが》すだけでも、一日楽しく遊べそう。

ここまでは、埋立地《うめたてち》のかわいたこがらしも届《とど》かない。誰《だれ》でも、ふわふわうきうきでいっぱいになっちゃう。

けど、小汚《こぎたな》いコートのおっさんに、ふわふわうきうきは関係なさそうだ。

「動いた」

ホームに降《お》りたとたん、ひぐっちゃんはスマホをにらんでつぶやいた。

「ホテルを出て、海に向かっている。このルートなら海浜《かいひん》公園だろう。一駅もどるぞ」

「えー！」

あたしは悲鳴を上げた。

「入らないの？　ここまで来て？」

ひぐっちゃんがサングラスを上げて、ぎろりとにらんだ。

「……みずき。貴様《きさま》、本当は遊びたいだけだろ」

するーっと多摩川《たまがわ》さんが、あたしとひぐっちゃんの間に入る。

「これがうまくいったら、今度ゆっくり来ましょうね、みずきさん」

「ホント？　やったあ！」

あたしは思わず、多摩川《たまがわ》さんの腕《うで》にしがみついた。

ひぐっちゃんの口のはしが、笑うみたいにひきつる。

「なら、今からおふたりで行って、山ほど遊んできたらよろしいんじゃございませんか？

おれもそのほうが仕事がはかどる」

ポケットに両手をつっこんで、ずんずんホームのはしっこまで行っちゃった。

あたしは欧米人《おうべいじん》みたいに両手を広げて、肩《かた》をすくめた。

「まったく、すぐすねるんだから」


海浜《かいひん》公園はとてつもなく広い。駐車場《ちゅうしゃじょう》があったり、森や芝生《しばふ》の丘《おか》があったり、海ははるか遠くでなかなかたどり着けない。

それでも大きな白いつり橋を渡《わた》ったあたりから、水平線が見えてきた。ふんわりした水色に光る五月の海だ。向こうにガラスの展望台《てんぼうだい》があって、きらきら日光をはねかえす。

太陽に強く照らされて、汗《あせ》をかくくらい暑い。多摩川《たまがわ》さんはジャケットをぬいで、ベテラン刑事《けいじ》みたいに肩《かた》にかついだ。

スマホをにらみながら先を歩いていたひぐっちゃんが、急に立ち止まった。

「どしたの」

あたしが聞いたのに、返事もしないで走りだした。全速力で海岸へ向かう。

あたしも多摩川《たまがわ》さんも、あとを追っかける。下がごつごつしたコンクリートブロックなんで、めちゃめちゃ走りにくいったら。

目の前がぱっと開けた。コンクリートの堤防《ていぼう》の下に、砂浜《すなはま》と海が広がっていた。波打ち際《ぎわ》には親子連れや友だちどうしみたいな観光客が大勢《おおぜい》いて、楽しそうに遊んでる。

ひぐっちゃんはもう砂浜《すなはま》に下りている。走りながら叫《さけ》んだ。

「ひ、む、ろーっ！」

あっという間にその人を捕《つか》まえて、柔道《じゅうどう》みたいにいきなりえりをしめ上げた。

「もう逃《に》げられねえぞ、観念しろ！」

氷室《ひむろ》先生は全然抵抗《ていこう》しなかった。まるで大きなお人形みたい。ひぐっちゃんにゆさぶられるまま、ぐらぐらゆれている。

「やめて！」

小さな女の子の悲鳴がひびく。砂《すな》をつかんで、必死にひぐっちゃんの背中《せなか》にぶつけるけど、ひぐっちゃんは女の子の攻撃《こうげき》なんてまるで感じてない。ただ氷室《ひむろ》先生をゆさぶる。

あたしも堤防《ていぼう》をかけ下りた。

「ひぐっちゃん、やめろ！」

かけ下りる勢《いきお》いのまま、おっさんの足首目がけてスライディングした。

「ぐはっ」

聞いたことのない、変な声を上げてひぐっちゃんが倒《たお》れる。あたしはすばやく立ち上がって、おっさんと先生の間に入って、ふたりを引き離《はな》した。

「みずき、てめえ」

ひっくり返ったまま、ひぐっちゃんは怒《おこ》った声で叫《さけ》んだけど、

「あいて、やめ、やめなさい！　やめて」

両腕《りょううで》で顔をかばう。

「えい！　えい！　パパにいじわるするな！　えい！　えい！」

女の子がつかんだ砂《すな》をぶつけまくっていた。しめった砂《すな》ってけっこう、武器《ぶき》になるんだ。

あとからあとからぶつけられて、ひぐっちゃんは砂《すな》まみれだ。

あたしも、氷室《ひむろ》先生もつっ立ったまま、ぼんやり女の子を見ていた。

でも、氷室《ひむろ》先生が先に我《われ》に返った。後ろから、女の子の腕《うで》を押《お》さえる。

「もういいよ、パパは大丈夫《だいじょうぶ》だよ、ゆき」

女の子はふりむいて、パパにだきつく。

気がつくと、まわりに人がいなくなってる。観光客のみなさんはずいぶん離《はな》れて、わけのわかんない子どもとおっさんの戦いをおそろしそうに見てる。

多摩川《たまがわ》さんがやっと追いついた。あたしのデニムのすその砂《すな》を払《はら》ってくれる。

「みずきさん、大丈夫《だいじょうぶ》ですか、あ、樋口《ひぐち》さん？」

やっとひぐっちゃんに気がついた。それも無理はない。ひぐっちゃんときたら、全身砂《すな》浜《はま》と同じ色になって、海底のカレイとかヒラメの保護《ほご》色《しょく》っぽくなってたからだ。

砂浜《すなはま》保護《ほご》色男《しょくおとこ》は立ち上がって、ぱんぱんコートの砂《すな》をはたいた。でも、砂《すな》はぬれてるからあんまりとれない。

あたしはあきれて、ハンカチで顔をふいてあげる。全身ふいてあげたいけど、ハンカチ一枚《まい》じゃとても無理だ。ぞうきんが五十枚《まい》くらいいると思う。

「ねえ、名探偵《めいたんてい》さん、こっちの意図をさとられないようにっていってなかったっけ?」

サングラスをとったら、サングラスの形だけ砂《すな》がついてない。ひぐっちゃんの顔は逆《ぎゃく》パンダみたいな模様《もよう》になってて、あたしはうっかり笑っちゃった。

「だからあ、なんでも作戦どおりにはいかねえの」

ひぐっちゃんはあたしのハンカチをうばって、ごしごし顔をふいた。


ざーん……ざーん……。

波はひっきりなしに打ち寄《よ》せる。

あたしは靴《くつ》も靴下《くつした》もぬいで、波の中に立っている。足のまわりで砂《すな》がぐるぐるまわって、さあっとなくなっていくのが面白いし気持ちいい。下をじっと見てると、波じゃなくて、あたしのほうが動いてる気がして、目がまわりそう。

ゆきちゃんはそこらをふらふら歩きまわる。ときどき木の棒《ぼう》で丸とか三角を砂浜《すなはま》に描《えが》くけど、しょっちゅう心配そうに堤防《ていぼう》を見上げる。

堤防《ていぼう》の上では、ひぐっちゃんと氷室《ひむろ》先生がずっと話をしていた。

「ほら、もうちょっとだから待っててくださいね」

多摩川《たまがわ》さんがソフトクリームを買ってきてくれた。

「わあ！　ありがとう」

あたしは真っ先に飛びついたけど、ゆきちゃんは見向きもしない。

「さあ、どうぞ、ゆきさん」

多摩川《たまがわ》さんはゆきちゃんの前にしゃがみこんだ。女子必殺《ひっさつ》のやさしい笑顔を向け、そっとソフトクリームを差し出す。

ゆきちゃんは、もう一度堤防《ていぼう》の上のほうを見てから、受け取った。

「ここ、座《すわ》りなよ」

あたしがかわいた砂《すな》の場所を教えると、素直《すなお》に座《すわ》った。

あたしとゆきちゃんは並《なら》んでソフトクリームを食べた。暑かったから、冷たくて甘《あま》いソフトクリームはとってもおいしかった。ゆきちゃんは真剣《しんけん》な顔で食べていた。

「これ食べたら、足だけ海に入ってみない？　面白いよ」

あたしがいったら、ゆきちゃんは顔を真っ赤にして、きつく目をつぶった。

あ、これは泣いちゃう、どうしようってあたしはあせる。

「ごめん、さっきはひどかったよね、あのおじさんはね、あたしの親戚《しんせき》なの。いきなりゆきちゃんのパパにひどいことして悪かった。許《ゆる》して」

なんで、あたしがひぐっちゃんの代わりに謝《あやま》んなきゃいけないいんだよ。

ゆきちゃんはかすかに首を横にふって、ソフトクリームを食べきった。お上品にポケットからハンカチを出して口をふいた。

「ううん、もういいんです」

なんだか大人みたいないい方だ。

「あのさ、ゆきちゃん」

あたしは、さっき返してもらったあたしの赤いケータイを、いじくりながらいった。

「あきらめることはないんだよ。ゆきちゃんが困《こま》ったり、悲しく思ったりしたことがあったら、あのおじさんに依頼《いらい》したらいいよ。あの人ああ見えて実は、名探偵《めいたんてい》なんだ」

「めい、たん、てい？」

ゆきちゃんは初めてあたしをちゃんと見た。

「そう。名探偵《めいたんてい》とは正義《せいぎ》の味方、依頼人《いらいにん》の依頼《いらい》は絶対《ぜったい》かなえるんだよ」

ゆきちゃんは笑っても泣いてもいないけど、黒目がかすかにふるえてて、いろんなこと

を考えているみたいな顔だ……そんなことを思っていたら、

「パパ！」

いきなり、ゆきちゃんが立ち上がった。そのまま堤防《ていぼう》をかけ上がっていく。

あたしもあわててあとを追う。

また、ひぐっちゃんが氷室《ひむろ》先生をゆすぶろうとしていた。

「やめて！」

ゆきちゃんが氷室《ひむろ》先生にだきつく。

「やめろ！」

あたしも叫《さけ》んで、ひぐっちゃんの砂《すな》だらけのコートをひっぱった。

「まったく、なんなんだよ、大人のくせにケンカしないで話せないの？」

ひぐっちゃんは大型犬《おおがたけん》みたいにうなっていたけど、あたしを引きはがして、

「こいつが、全然協力してくれないの。おれがママにかけ合って、間を取り持とうといってやってんのに」

氷室《ひむろ》先生はネクタイとえりを直しながら、冷たくいった。

「あなたに話す義務《ぎむ》はないといっただけです。あなたは先方に雇《やと》われているのですから、

ゆきを連れもどせば終わりのはずでしょう？　おかしな介入《かいにゅう》はやめていただきたい」

ふたりはしばらくにらみ合っていたけど、やがて、

「「ふん！」」

とそっぽを向き合った。

「ちょっと、ひぐっちゃん、あのさあ……」

あたしがツッコもうとしたとき、ゆきちゃんが叫《さけ》んだ。

「めいたんていさん！　わたし、めいたんていさんに、いらいします。あのね、あのね」

ひぐっちゃんはマジメな顔で、ゆきちゃんを見た。

ゆきちゃんは一生懸命《いっしょうけんめい》、言葉を考えているようだ。きっぱり顔を上げて、ひぐっちゃんをまっすぐ見た。

「わたしとパパを、いつでもあえるようにして、ください……めいたんていさん」

氷室《ひむろ》先生が何かいおうと口を開いたけど、その前にひぐっちゃんが叫《さけ》んだ。

「よし契約《けいやく》成立だ、ゆきさんのご依頼《いらい》、たしかに受けつけました、まいどあり！」

ゆきちゃんはへなへなと、しゃがみこむ。

その真ん前にしゃがんで、ひぐっちゃんは小さな肩《かた》をつかんだ。

「いつでも、好きなときにパパに会えるようにしてやる。約束だ」

ゆきちゃんはぼんやりした顔で、ひぐっちゃんを見上げる。

ひぐっちゃんは乱暴《らんぼう》に小さな肩《かた》をゆすぶった。

「泣きたかったら声出して泣け。ガキががまんなんてすんな」

かすかにこがらしみたいな息の音が聞こえたけど、ゆきちゃんは泣かなかった。


ゆきちゃんは、あたしと多摩川《たまがわ》さんといっしょに、ママの家へ帰ることになった。

駅の階段《かいだん》の前で、ゆきちゃんは真剣《しんけん》な顔でひぐっちゃんをにらんだ。

「めいたんていさん、ぜったい、やくそくまもってね」

「おうよ、名探偵《めいたんてい》に任《まか》せろ」

ひぐっちゃんは調子よくいって、氷室《ひむろ》先生と強引に肩《かた》を組んだ。氷室《ひむろ》先生はイヤがってばたばたしたけど、ひぐっちゃんの力にはかなわない。

ゆきちゃんは真剣《しんけん》な顔のまま、今度は氷室《ひむろ》先生をにらんだ。

「パパ、めいたんていさんにおはなししてね。ちゃんと、きょうりょくするのよ」

氷室《ひむろ》先生はばたばたするのをやめて、かすかにうなずいた。

あたしたちは駅のエレベーターで上がっていく。あたしとゆきちゃんがふりむいたら、ひぐっちゃんが肩《かた》を組んだまま、氷室《ひむろ》先生をどこかへひっぱっていくのが見えた。

もうすぐ電車が来ると放送が鳴った。

「みずきさん、さっき樋口《ひぐち》さんに、なんていおうとしたんですか？」

ホームのベンチで、多摩川《たまがわ》さんに聞かれた。

ゆきちゃんはあたしにもたれて目を閉《と》じていた。電池が切れちゃったみたい。ゆすらないように気をつけながら、あたしは自分の目をこすった。

「家庭の事情《じじょう》に介入《かいにゅう》できない、っていってたくせに、介入《かいにゅう》するつもりじゃん、ってツッコもうかと思った」

風といっしょに電車が入ってきた。帰り方向はがらがらだ。

多摩川《たまがわ》さんはゆきちゃんを軽々《かるがる》とだっこして、電車に乗った。

「そうですね。何事も作戦どおりにはいかないものです。ところで、みずきさんは、樋口《ひぐち》さんといっしょに行きたかったんじゃありませんか？」

ぽかぽか日の差す座席《ざせき》に、三人並《なら》んで座《すわ》った。

あたしは首を左右にふった。

「ううん、この子を連れて帰るのが、あたしの今の使命だもん。それにひぐっちゃんは、絶対《ぜったい》ゆきちゃんのお願いをかなえる。あのヒト、ああ見えて約束は守るよ」

多摩川《たまがわ》さんは、眠《ねむ》った女の子が落ち着くように、そっと位置を直した。

「いえ、そうではなくて。ぼくなんかより、ずっと……」

「ああっと、思い出した。ひぐっちゃんってさ」

あたしは声をはり上げた。小さい子みたいに靴《くつ》をぬぎひざをついて、窓《まど》の外をながめる。

「借りたお金は、なっかなか返さないんだよね。くどいくらい請求《せいきゅう》しないと、お金はもどってこないからね。ちゃんというんだよ。多摩川《たまがわ》さんがいえないんだったら、あたしが取り立ててあげる。うやむやにしちゃダメ。ひぐっちゃんのためにもならないんだから」

多摩川《たまがわ》さんはかすかに息を吐《は》いて、あたしの靴《くつ》をそろえた。笑ったみたいだ。

7

つるばらの上で

翌日《よくじつ》の月曜日は、土曜の振《ふ》り替《か》えでお休み。

だから、次の登校日は火曜日だった。

土日にいろいろありすぎて、すっかり忘《わす》れてたけど、あたしとスカシの洋《ひろし》は、土曜日の調べ学習の「カンニング」の落とし前をつけなきゃなんなかった。

そして、ちゃんと正直に告白《こくはく》して、氷室《ひむろ》先生にちゃんと叱《しか》られた。


木曜日の放課後、ふたりで教室に残されて、先生に見張《みは》られながら反省文を書くことになった。原稿《げんこう》用紙に三枚《まい》だって、ハードすぎるー。

居残《いのこ》りの教室はがらんとして、いつもの教室じゃないみたい。そんな中で、あたしと洋《ひろし》はなんとか、二枚《にまい》と半分を書き上げた。

いつもの零下《れいか》五十度の視線《しせん》で、先生はあたしたちの反省文を読んだ。

「いいでしょう。ふたりともこれから気をつけるように。では帰りなさい」

っていわれたんで、あたしも洋《ひろし》もほっと息をつく。

「やべー、塾《じゅく》に遅《おく》れちゃう、先生さようならあ」

ランドセルにペン入れやなんかをつっこんで、洋《ひろし》は走って教室を出ていった。

「さようなら、外村《とむら》さん、気をつけて帰ってください」

氷室《ひむろ》先生は窓際《まどぎわ》の先生の席にいて、何かのプリントをとんとんそろえていた。

あたしもランドセルを背負《せお》って、立ち上がった。

「先生、さようなら」

「さようなら、気をつけて……ああ、そうだ。相川《あいかわ》さん」

呼《よ》び止められて、あたしはかちんとフリーズした。なになに、なんか、あたし、先生に呼《よ》び止められるようなことした？　今日の算数の宿題、あんなのを丸写ししたのバレた？　なわとびのとびなわを、もとのところにもどさないで、花だんにつっこんでいるのを気づかれた？　それとも、ボールの取り合いで、ぶーちんをつきとばしたのを誰《だれ》かがチクった……一秒の数分の一の短い間に、ありとあらゆる相川瑞希《あいかわみずき》の黒歴史《くろれきし》が心をかけぬけた。

あたしは冷汗《ひやあせ》まみれでふりむく。

「……は、はい？」

先生の視線《しせん》は、さっきよりだいぶ温かかった。

「相川《あいかわ》さんのおじさんはお元気ですか？」

あたしは気のぬけた、変な声を出しちゃった。

「へ？　ああ、はい、ひぐっちゃんですか？」

「ええ」

先生はうなずき、書類を机《つくえ》に置いてあたしの返事を待つ。

あたしは少し考える。日曜日、駅で別れてから、ひぐっちゃんとは会ってない。そういえば電話もメールもしてないな。

「えっと、元気だと……思います。でも、今はいっしょのおうちじゃないから」

氷室《ひむろ》先生は何かほかのことを考えているような顔だ。

「そうですか。もしお会いしたら、ぼくからよろしくと、お伝えください」

「先生」

あたしはどきどきした。勉強以外のことを氷室《ひむろ》先生に話しかけるのなんて、これが初めてかもしんない。

「あの……ひぐっちゃんは役に立ちましたか？　その……ゆきちゃんと先生はしあわせになれそう？」

「しあわせ？」

聞き返したのは、いつもの冷たい声じゃなかった。先生、少し驚《おどろ》いたみたい。

あたしは必死になった。

「ひぐっちゃんは、ああ見えて名探偵《めいたんてい》なんです。名探偵《めいたんてい》って、困《こま》った人をしあわせにする、正義《せいぎ》の味方なんだよって、あたし、日曜日に海で、ゆきちゃんに話したの」

レンズの奥《おく》の、先生の目が細まった。

「ああ、それで。相川《あいかわ》さんが話したから、ゆきはあの人を探偵《たんてい》として雇《やと》ったんですね」

うう、今さらあたし、なんだか責任《せきにん》重大な気が。もっとどきどきしながら聞いた。

「えっと……先生、日曜日に、ひぐっちゃんに変なことされなかった？」

先生は頭の中を探《さが》すような目つきだ。

「あの人は変わってる」

あたしはうんうんってうなずく。

「そうなんです、とびきり変わってるんです、ひぐっちゃんって」

「あのペースに巻《ま》きこまれて、全部がどうでもよくなって、ついつい、彼《かれ》にいろいろ話してしまった。ゆきにきつくいわれたので、話さないわけにはいかなかったし」

プリントの束に手を置いて、先生はちょっと恥《は》ずかしそうだ。

「いや、そうじゃない。ぼくは自分から進んで話していた。話してもしかたないと思っていたくだらないことを。こんなことは今までなかった……話したことで、気持ちが軽くなったのは事実です。そういう力が、相川《あいかわ》さんのおじさんにはあるのかもしれない」

「そうなのそうなの、先生」

口に手をあてて、あたしは笑いたいのをがまんした。

「とにかくひぐっちゃんは名探偵《めいたんてい》なの。名探偵《めいたんてい》は、引き受けた依頼《いらい》は絶対《ぜったい》うまくやる。だから、ゆきちゃんも先生も、大船に乗ったと思って安心していいよ」

自分の胸《むね》をどん、とグーでたたいた。

先生は今までに見たことのない、情《なさ》けないような顔であたしを見た。

「そうですか」

「そうですよ」

あたしが自信たっぷりにうなずくと、

「はは」

氷室《ひむろ》先生が声を立てて笑った！　たった二音だけど、皮肉じゃない笑い方で！

クラスの誰《だれ》かがこの光景を見たら腰《こし》ぬかすぞ、って思いながら、あたしも笑う。

あたりの空気はほわほわして、あたしのおなかもほわほわあったかい。

しばらくして、氷室《ひむろ》先生は軽くせきばらいをした。

「もうだいぶ遅《おそ》くなりました、相川《あいかわ》さん、早く帰りなさい」

気がつくと、すっかりいつものアイスマンにもどってる。

「気をつけて帰りなさい。廊下《ろうか》を走らないように、寄《よ》り道《みち》をしないように。さようなら」

「……はい、先生さようなら」


教室の出入り口のとこまで行ってから、あたしはふりかえった。

先生は席に座《すわ》って、スマホを耳にあてていた。

次の瞬間《しゅんかん》、何かが嵐《あらし》みたいな猛《もう》スピードであたしの横を通りぬけた。

「わ！」

すんごい勢《いきお》いに、あたしは戸にしがみつく。

一直線に廊下《ろうか》を走っていっちゃった。それが氷室《ひむろ》先生だって理解《りかい》するまで、たっぷり五秒はかかった。

教室の床一面《ゆかいちめん》に、爆発《ばくはつ》のあとみたいにプリントが散らばっている。あの、氷室《ひむろ》先生が書類をほっぽりだして、廊下《ろうか》を全速力で走った？

「何……何が起こったの」

声に出したけど、誰《だれ》もあたしの質問《しつもん》には答えてくれない。

こういうときはどうする？

もちろん、あとをつける、尾行《びこう》大作戦だ！

『学校生活の約束』完全無視《むし》の大爆走《だいばくそう》で校庭に出たら、先生の背中《せなか》が見えた。一直線に校門を出ていくところだ。

スピードをさらに速め、あたしも校門をかけぬける。

先生のスピードはまったく落ちない。ネクタイとスーツをひらめかせながら、百メートル走の勢《いきお》いで走る。学年選抜《せんばつ》のリレー選手のあたしだって、ついていくのがやっとだ。

走りながら、あたしにはなんとなく目的地がわかってきた。先生、ゆきちゃんの学校に行くんじゃないのかな？　なら、もう三百メートルくらいだ、がんばれ、みずき！

あたしのカンは、見事にあたった。正面にレンガ造《づく》りのりっぱな建物が見えてきた。あれはまさしく、ロドンの園女子学院大学付属《ふぞく》小学校の校舎《こうしゃ》だ。

すごいスピードのまま、先生は正門の前でかっきり九十度曲がった。門に入らないで、フェンスに沿《そ》って学校の外の道を走る。いつの間にか裏側《うらがわ》へ出た。

この学校、四、五メートルはありそうな、高いフェンスに囲《かこ》まれている。ツタやほかのつる植物にびっしりくるまれているので、中は全然見えない。

学校の裏《うら》は、ちょうどつるばらが満開だ。無数のピンク色の花のせいで、いつもはさびしい裏《うら》の路地もすっかり明るい。こんなに忙《いそが》しくなかったら、あたしだって「うわ、きれー」とかいって、花を見上げたかもしれない。

ばらが一番いっぱい咲《さ》いてる場所で、先生はぱたんと止まった。空から糸でひっぱられたみたいに、真上を向く。

その数メートル後ろに、あたしはつけていた。かくれようと、とっさにフェンスにくっついたら、

「いたたっ」

たちまちばらのとげにひっかかった。あわてて離《はな》れて、半そでの腕《うで》をさする。ひっかき傷《きず》ができちゃった。ひどい目にあった。

「パパっ！」

悲鳴のような、女の子の声がした。

声はずっと上、フェンスのてっぺんからだ。ひっかき傷《きず》も忘《わす》れて、あたしも上を向いた。

フェンスのてっぺんに、体育着を着た女の子がいる。

ゆきちゃんだ。

だけどゆきちゃんはひとりじゃなかった。どう見てもワルモノの男といっしょにいる。

あ、今、男につかまっちゃった！

「パパっ！」

ゆきちゃんはまた叫《さけ》んで、じたばた空中で手足を動かした。

「こら、じっとしてろ」

あせった声で、ワルモノがうめいた。もがく女の子をかかえて、とげだらけのばらでいっぱいの高い高いフェンスのてっぺんにしがみついている。

あたしは、あんぐり口を開けた。

このワルモノ、はげしく見覚えがある。小汚《こぎたな》いコートを着て、サングラスをかけた金髪《きんぱつ》の中年男。女の子のふりまわした腕《うで》が、何度も顔にごんごんあたってる。

ひぐっちゃん、かなりダメージを受けてるみたい。てか、なんで？

「きゃ！　ゆき！」

今度の悲鳴は、地上からだ。氷室《ひむろ》先生の向こうに、ゆきちゃんのママが見えた。フェンスを見上げ、両手で口を押《お》さえ立ちすくんでいる。

氷室《ひむろ》先生は無言で娘《むすめ》を見つめる。ぴんと上向いたあごから、ぽつりと汗《あせ》がしたたった。

「ママ！　パパ！」

ゆきちゃんは、自分が地面からかなり上にいるということに、ちっとも気がついていないみたい。ワルモノの腕《うで》から逃《に》げることしか考えてない。腕《うで》や足をぐるぐるふりまわすけど自由にはなれない。

「はなして！」

叫《さけ》んで、コートのそでにぱっくりかみついた。

「いでー！」

ひぐっちゃんは叫《さけ》んで上を向いた。バランスをくずして、一方の足をがくん、と大きくふみはずす。そこから、何かが落っこちた。

ゆきちゃんのママも、パパも、あたしも、路地の空気やみんなの悲鳴までが、残らず凍《こお》りついた。

三秒かそこら、世界のすべてが静止したと思う。

地面にたたきつけられて、にぶくはずんだのは、女の子のスニーカーの片《かた》っぽだった。ころころころ、三回転して止まった。

スニーカーがもう動かないってことがわかると、みんなは勇気をふりしぼって、そうっと顔を上に向けた。

ゆきちゃんは落っこちてなかった。けど、だいぶずり下がっている。細い両足がぶらん、と空中で大きくゆれた。もちろん、スニーカーをはいているのは片《かた》っぽだけで、もう片《かた》っぽは靴下《くつした》だ。今にも、ぷつん、とちぎれて落っこっちゃいそう。

しかし、ひぐっちゃんは持ちなおした。なんとか足をフェンスにひっかけ、真っ赤な顔で右腕《みぎうで》を上げて、五秒前の姿勢《しせい》にもどした。

さすがのゆきちゃんも縮《ちぢ》こまって、おとなしく腕《うで》にかかえられている。

「そうだ……いい子だ。ゆっくり下りるから、ゆっくり下りるから、静かにしてろよ」

ひぐっちゃんは足二本と腕《うで》一本を使って、ゆっくりゆっくりフェンスを下りだした。

あと四メートル、三メートル……というところで、栗色《くりいろ》の髪《かみ》が風みたいにひらめいた。

ゆきちゃんママがフェンスをよじ登っていた。手足が見えないほどの早業《はやわざ》だ。娘《むすめ》をワルモノの腕《うで》からうばい取ると、しっかり両手でだきしめた。

えっと、両手でだきしめたってことは、フェンスから両手を離《はな》しちゃったってことで……ふらっ、とママの体がゆれた。

「ああ！」

尾行《びこう》のこころえも忘《わす》れて、あたしは叫《さけ》んだ。

ママとゆきちゃんはだき合ったまま空中に浮《う》かんだ。

そして、スローモーションで落ちていった。

あたしは両手で顔をおおう。

けど、さっきのスニーカーみたいに、ふたりは地面にたたきつけられはしなかった。

氷室《ひむろ》先生、ゆきちゃんパパが下で待っていて、しっかりふたりを受け止めた。

ゆきちゃんをだっこしたまま、ママはパパに優雅《ゆうが》にお姫《ひめ》さまだっこされていた。真っ赤な顔で、パパと見つめ合う。

でもそれは三秒ぐらいの間のことだ。パパの体力はここで限界《げんかい》だったみたい。二、三歩下がったかと思ったら、ふらふらどっすん、しりもちをついた。

三人は、おだんごみたいなかたまりになってひっくり返った。おだんごのすき間から、ゆきちゃんが見えた。パパとママの両方にぎゅうぎゅうはさまれて、ずいぶんきゅうくつそうだ。けど、ゆきちゃんは笑ってた。

あの子、あんなふうににこにこできるんだ。あたしも笑いかけて、はっと気がつく。

三人の向こうにアヤしい動きが見えた。ずりずりずりずり……きれいなつるばらを台無しにしながら、ひぐっちゃんがえっちらおっちら下りてきた。髪《かみ》やコートのあちこちに、花や葉っぱや、とげとげのくきやらが刺《さ》さっている。

ぽっとん、やっと地面に到着《とうちゃく》した。

「ちょっと！」

あたしの次にひぐっちゃんに気がついたのは、ゆきちゃんママだ。すっくり立ち上がって、とんがった声を上げた。

「あなた、どういうつもり！　うちの娘《むすめ》をどうする気だったの！」

氷室《ひむろ》先生も立ち上がって、冷たい目を向けた。これにくらべたら、うちのクラスでの零《れい》下《か》五十度なんて、春風みたいに思えるくらいの視線《しせん》だ。

「なぜ、ゆきをこのような危険《きけん》な目にあわせたのですか、樋口《ひぐち》さん」

ひきつった顔で、ひぐっちゃんはへらっと笑った。

「いや……何、ちょっといっしょに遊んでたんだ。な？　ゆき」

ゆきちゃんはこっくりうなずいた。

「そうなの。あそんでたの」

「「はあ？」」

パパとママは顔を見合わせる。

ひぐっちゃんはせかせかした手つきで首すじをかいた。背中《せなか》からばらの花をひっぱりだして、ぽーんと真上に放り投げた……と思ったら、すたこら走りだす。

ピンク色の花が地面に落ちる前に、その姿《すがた》は見えなくなっていた。

「ちょっと！」

「おい、説明しろ！」

ママとパパは、ひぐっちゃんの消えた先に向かって叫《さけ》んだ。でも、どっちもゆきちゃんの手をしっかりつかんでいたから、その場を離《はな》れなかった。

ふたりは心底あきれたふうに、まったく同時に長いため息をついた。

「まったくなんなの、あいつ。非常識《ひじょうしき》がすぎる」

ママが苦々《にがにが》しくつぶやくと、

「一瞬《いっしゅん》でも気を許《ゆる》したのは愚《おろ》かだった。前々《まえまえ》から、注意が必要だと思っていたんだ」

さらに苦々《にがにが》しそうにパパがこたえた。

ゆきちゃんがふたりの大人を見上げ、甘《あま》えた声を出した。

「パパー、ママー」

ふたりは同時にはっとし、同時に娘《むすめ》を見下ろした。

あわててママがしゃがんで、ていねいに女の子の顔や体をさすって検査《けんさ》した。

「ケガはない？　痛《いた》いところはない？　ゆき」

かすり傷《きず》ひとつないのがわかって、パパもようやく表情《ひょうじょう》をゆるめた。

「こわかったね、ゆき。でも、もう大丈夫《だいじょうぶ》だよ」

女の子を真ん中にして手をつないで、三人はゆっくり歩きだした。

正門をくぐって校舎《こうしゃ》へ入っていくころには、手をつないだ家族はみんな笑っていた。

少し考えて、そのあとあたしはおばあちゃんの家に行った。

玄関《げんかん》は開いていたから、勝手に上がる。靴《くつ》をぬごうとして、

「あれ？」

と、声が出た。あたし、上ばきのまんまだった。

一階はしんとしてひと気がない。おばあちゃんとおじいちゃんはおるすみたい。

とんとんとん、階段《かいだん》を上がる。

部屋の中はまだらに暗い。空気がどろんとして、足にからまるみたい。

あたしはずんずん部屋に入って、カーテンと窓《まど》をさっと開いた。

部屋はお日様の光でいっぱいになる。お向かいの屋根では、キジバトがでーでぽっぽでーでぽっぽでー、とのんびり鳴いている。

窓《まど》の下のしきっぱなしの布団《ふとん》に、この部屋の主が倒《たお》れていた。葉っぱのいっぱいついたコートを着たまんま、うつぶせに寝《ね》ている。近づくと、草のにおいがした。

「ひぐっちゃん、だいじょうぶ？」

あたしはちょっとどきどきしながら、コートを軽くたたいた。

ひぐっちゃんは起きてたらしく、ぐるんとあおむけになった。

「おう、みずき……いてっ」

痛《いた》そうに布団《ふとん》とコートの間からとげとげのくきをつまんで、そこらに捨《す》てた。

あたしは立ったまま腕《うで》を組む。さっき、一瞬《いっしゅん》でもこのおっさんを心配した自分にむかついた。すごく怒《おこ》ってるときのおかあさんみたいに、わざと冷静なふりで聞いた。

「何してんの？」

サングラスをとって、ひぐっちゃんは迷惑《めいわく》そうな顔であたしを見る。

「あのですね、大人はね、一日のだいたいは疲《つか》れてるんです。特に今は、やっとお仕事が終わったとこで大変くたびれてんの。ガキの人が、じゃましないでくださる？」

ふざけたいい方に、あたしはますます冷静な感じで聞く。

「なんであんな高いところにいたの？　あんなの仕事じゃないじゃん」

ひぐっちゃんは「おっ」というような顔になる。

「おまえ、見てたんだ」

「学校から先生のあとをつけた。尾行《びこう》は、実用を兼《か》ねたあたしの趣味《しゅみ》かつ特技《とくぎ》だからな」

「けっ、まねっこまねぞーサルそっくり」

顔をぽりぽりかきむしりながら、おっさんはやっと起き上がった。顔も手も、ひっかき傷《きず》であみ目模様《もよう》みたいになっている。

あたしはどすん、と、畳《たたみ》に足を打ちつけた。

「だから、なんでって聞いてんの。あんなのひどい、ばらを育ててる人が悲しむよ」

ひぐっちゃんはまた、あみ目模様《もよう》の顔をぽりぽりかいた。

「ああ、それについては申し開きの言葉もない……だが、もうちょっと待て、今日、おれは種をまいたんだ。芽が出てふくらんで花が咲《さ》いたら、みずきにもお見せするよ」

「はあ？　意味不明。また、ないしょ？　あたしが信用できない？」

あたしの声はとぎれてかすれた。全然冷静じゃない。

ひぐっちゃんは困《こま》った顔になる。そんな顔されるのはイヤだ。あたしが泣いてると思われるのもすごくイヤだ。だけど、あたしの声は完全に泣いてる声で、それもイヤだ。

「……あたしには、なんにも教えてくれないんだ」

いつの間にか、ほっぺが涙《なみだ》でだらだらぬれている。

「うん、だから今は」

いいわけしかけたひぐっちゃんを、あたしは思いっ切りたたいた。

「ばか、すごいばか」

「あう」

ひぐっちゃんはあしかみたいにうめいた。

そりゃ、たたいたら痛《いた》いに決まってた。

コートをぬいだら、中にはまだいっぱい、ばらの葉っぱやとげとげが残っている。あたしは一生懸命《いっしょうけんめい》、ていねいにとってあげた。

そのあと、ランドセルからティッシュとばんそうこうを出して、血をふいてひっかき傷《きず》にはりつけた。全部使っちゃったけど、ばんそうこうは全然足りない。

あみ目模様《もよう》のひぐっちゃんの左手を両手で包んだけど、あたしの手じゃ全然足りない。

「……ばかなんだから」

ひぐっちゃんはおとなしかった。だまって、顔のばんそうこうを指でこすった。

窓《まど》の外は、すっかり夕焼けだ。

市の防災《ぼうさい》無線で『ゆうやけこやけ』のメロディーが鳴って、歌詞《かし》のとおりにカラスが鳴いて、だんだん日が暮《く》れていく。

8

溶けちゃったチョコパフェ

その日は、あんなが習い事の日だったんで、あたしはひとりで帰った。

校庭でなんとなく足もとの石をけったら、ずいぶんなロングシュートになった。石は校門から外へすっ飛んで、道をはさんだ向こうの電柱にぶつかった。

その電柱から、不気味な影《かげ》が出ている。

「ふっふっふ……おじょうちゃん、あめ玉買ってやろうかね」

不気味な声に思わず笑いそうになったけど、あたしはわざと顔をしかめた。

「最近の小学生は、あめじゃつられないし。チョコパフェとかじゃないと」

「なんだとお、世も末だな」

電柱の後ろから、金髪《きんぱつ》でサングラスにコートのアヤしいおっさんが出てきた。

顔のあみ目模様《もよう》は消えてたから、あたしはほっとして、別のことを思い出した。

「あ、そうだ、あたし、ひぐっちゃんにいいたいことがあったんだ」

「なに、常日頃《つねひごろ》の感謝《かんしゃ》の気持ち？　いやいや、それには及《およ》ばんよ」

ひぐっちゃんはにやにやしながら、あたしを見下ろす。

あたしは、どん、と地面を強くふんだ。

「なわけないっしょ！　学校開放の日のカンニングのこと！　あれ、自首して、氷室《ひむろ》先生にがっつり叱《しか》られたんだから」

「は？　カンニング？」

ひぐっちゃんは、ぼさぼさ髪《がみ》を耳にかき上げ首をひねった。全然覚えてないみたい。

あたしは両手を腰《こし》にあて、両足をふんばった。

「学校図書館で、多摩川《たまがわ》さんが資料探《しりょうさが》し手伝ってくれたでしょ。あれ、自分でやんなきゃいけなかったの。だから、カンニングと同じ行為《こうい》ですって、氷室《ひむろ》先生にいわれた」

「でもさでもさ、レポートにまとめたのは、みずきの実力じゃん？」

大人のくせにまだよくわかってない。あたしはもう一度どん、と地面を強くふんだ。

「だからあ、こないだスカシの洋《ひろし》といっしょに居残《いのこ》って、『わたしが反省するところ』って題名の作文を、三枚《まい》も書くハメになったんだから。多摩川《たまがわ》さんにもいっといて、すっごく迷惑《めいわく》でしたって」

へっぴり腰《ごし》になって、ひぐっちゃんはあたしに顔を近づけた。

「それ、鏡子《きょうこ》さんにもいう？」

あたしは、おっさんの顔をぐいっと向こうに押《お》しやる。

「もちろん正直に告白《こくはく》します。ワシントンの伝記、知らないの？　だまってて、アイスマン方面からチクられたらどうすんの？　それこそサイアク、世界の終わりよ。うちのおかあさんが怒《おこ》ったらどんだけこわいか、ご存《ぞん》じじゃないの？」

ひぐっちゃんはおかあさんのこわさを思い出したらしい。小さい声になった。

「それ、おれの発案だからね、多摩川《たまがわ》は関係ないから。ちなみに、ワシントンがおやじの桜《さくら》の木を切りたおしてなんちゃらかんちゃらって、あれ、ウソだし……あはは」

とってつけたみたいに笑いだした。

「変」

あたしがいうと、ひぐっちゃんは後ろを向いて、ぽりぽりほっぺをかく。

「変じゃねえよ。ワシントンのおやじが、ワシントンを許《ゆる》したのは、ワシントンが正直だったからじゃなくて、ワシントンがおやじの前でいまだ斧《おの》をかまえてたせいで……」

「ワシントンもおやじもどうでもいい！」

あたしはひぐっちゃんの正面にまわりこむ。

「前から聞きたかったんだけど、ひぐっちゃんって、いつから多摩川《たまがわ》さんとそんな仲よくなったの？　ふたりそろって学校来たりして。あれ、どっちが誘《さそ》ったの？」

ひぐっちゃんは目をそらして、すたすた歩きだした。

「仲よくちゃいけませんか？　悪いよりずっといいでしょ。『仲よきことは美しき哉《かな》』なんですよ。武者小路実篤《むしゃのこうじさねあつ》知らないの？」

あたしはさっさと追いついて、並《なら》んで歩く。

「変だっていってんの。なんかたくらんでるでしょ？」

ひぐっちゃんはサングラスをずらして、あたしを見た。

「おまえ、ひねくれた子どもだな、誰《だれ》に似《に》た」

「おかあさんじゃないよ。おとうさん方面の親戚《しんせき》じゃないの？」

空に向かって、ひぐっちゃんはわざとらしく笑った。でも、すぐに笑いをひっこめた。

「しかしみずき、がっつり叱《しか》られて居残《いのこ》りやらされたって、それいつの話よ？　うらなり教師《きょうし》のやろう、恩人《おんじん》の姪《めい》になんたる仕打ちだ」

あれはいつだっけ？　あたしはちょっと考える。

「えっと、反省文は、こないだのばらフェンス事件《じけん》の日かな」

あたしははっとして、ひぐっちゃんのコートをつかんでひっぱった。

「恩人《おんじん》って、ひぐっちゃんのこと？　えっと、氷室《ひむろ》先生の？　てことは……」

例の日曜日から今の今まで、聞きたくてたまんなかったことを聞くチャンスだ。

「ねえねえねえ、氷室《ひむろ》先生、ひぐっちゃんに何話したの？　ひぐっちゃんは何したの？

ゆきちゃんの依頼《いらい》はうまくいったの？」

「くっつくなよ、ばか」

あたしを引きはがして、ひぐっちゃんはコートのえりをかき合わせた。

ひぐっちゃんを追いかけながら、あたしは氷室《ひむろ》先生のことを考える。

「なんか、あのときの土日のことも、こないだのばらフェンス事件《じけん》も、全部まぼろしだっ
たみたい。そういえば反省文書いた日に、氷室《ひむろ》先生、ひぐっちゃんは元気ですかって聞い
てきて、あたしと話してちょっと笑ったけど……うーん、あれもまぼろしっぽいな」

あたしは自分の靴《くつ》を見ながら歩く。

「そのあとは、先生ずっと変わらない。前と同じ、零下《れいか》五十度のアイスマンだよ。でもね、
先生は変わらないんだけど、職員室《しょくいんしつ》の前でのあれを……見てた人がいっぱいいたから」

「あれって？　美人にぴしゃりって、やつ？」

ひぐっちゃんは、卓球《たっきゅう》の素振《すぶ》りみたいに腕《うで》をふりまわした。

あたしはひそひそ声になる。

「かげでこそこそいう子とかいて、ほかのクラスにもうちのクラスにも……ヤな感じ」

あたしといっしょにいたスカシの洋《ひろし》が、ほかの子にもあたしにも何もしゃべんないのは、意外だった。けっこう見直しちゃったかも。

ひぐっちゃんはにやにや、自分の左ほっぺをなでた。

「おれだったら自慢《じまん》だけどな。あの女はレベル高かった。うらなり先生は男を上げたよ。まったく子どもってのは、ものの価値《かち》がわからんのだなあ。おれもたたかれてえ」

あんまりくだらないので、あたしはおっさんを無視《むし》する。

あたしの顔をのぞきこんで、ひぐっちゃんはまたもや不気味な声を出す。

「ふっふっふ……なら、おじょうちゃん、チョコレートパフェならついてくるかい？」

あたしはつい笑っちゃったけど、またわざと顔をしかめた。

「ふん、チョコパフェなら、おごらせてやってもかまわんぞ」

っていってから、ちょっと心配になる。

「てか、ひぐっちゃん、お金持ってるの？」

ひぐっちゃんはコートのポケットに手をつっこんで、すたすた歩き続ける。

「ばかにするな。こないだ、ゆきちゃんママから、たんまり調査報酬《ちょうさほうしゅう》をいただいた」

「ああ、そっか。じゃあ、多摩川《たまがわ》さんにお金返せるね。返しなよ」

予想どおり、ひぐっちゃんはあたしのいったことを見事にスルーした。

「しかも、これから別件《べっけん》の調査報告《ちょうさほうこく》がある。またがっぽり金が入るぞ」

「はあ？」

首をひねったあたしを、ひぐっちゃんは自信満々《じしんまんまん》の顔で見下ろす。

「ちょっと面白いもの、みずきに見せてやろうと思ってな。まあ、今回にかぎってだけど、おまえは助手として多少は役立ったからな」

「やった！」

あたしは、おっさんのコートのそでにしがみついた。急にそうしたくなった。

「くっつくなよ、ばか」


向かったのは駅前の、あの二階のカフェだった。

ランドセルを置かないでこんなところにいるの、先生にバレたらかなり重罪《じゅうざい》レベルの道草になる。あ、おうちの人といっしょならよかったんだっけ？　でも、ひぐっちゃんって、おうちの人だっけ？　頭の中で『学校生活の約束』をぐるぐる考えたけど、よくわかんなくなっちゃったんで、あたしはあとで考えることにした。

からんころんと鐘《かね》の鳴るドアをくぐった。お店、こないだよりかは空《す》いている。

あたしたちは前と同じの、奥《おく》の席に座《すわ》った。

チョコパフェとコーヒーが届《とど》いてから、ひぐっちゃんに命令された。

「いいか助手、おまえはここでおとなしく食ってろ。気配は消しとくんだぞ」

「了解《りょうかい》っす」

あたしはきりりと敬礼《けいれい》した。気配を消すのなんて、有能《ゆうのう》な探偵《たんてい》助手にとっては、お茶の子さいさい、お茶づけさらさらなのだ。

ひぐっちゃんはコーヒーを持って、ななめ向こうのボックス席に移動《いどう》した。

からんころん、からんころん。

しばらくして入ってきたのは、ゆきちゃんだ。今日はこん色の制服《せいふく》、さらさらヘアーにリボンの姿《すがた》だ。四角いリュックのバンドに手をかけて、ちょっと背《せ》のびした。

ひぐっちゃんが手をふったら、すぐに気がついた。ぱっと笑って、ぱたぱたうれしそうにかけてくる。

よっこらしょって、よじ登るみたいに、ひぐっちゃんの向かいのソファに座《すわ》った。

「元気そうだね。かわいい依頼人《いらいにん》さん」

なんだよ、おっさん。その、変にやさしい声としらじらしいセリフは。

あたしはちょっと肩《かた》をすくめた。

うるうるの大きな目で、ゆきちゃんはたずねた。

「ひぐっちゃんはげんき？　こないだ、ばらのきでけがしなかった？」

「元気、元気、あんなのなんてことない」

声がいつもよりだいぶ高い。あたしからは、ひぐっちゃんは背中《せなか》しか見えないけど、エロじじいがどんな顔してるのかは、だいたい想像《そうぞう》がつく。

あたしはパフェのアイスを大きくすくって、ぱくっと食いついた。思ったより大きなかたまりで、強引に飲みこんだら頭がきーんとした。

その間にもふたりは何がおかしいのか知らないけど、ふふふ、とかっていっしょに笑ってる。何それ、デート中のカップルかよ。

その笑いが、急にぴたっと止まった。

ふたりのすぐそばに、音もなく大人の男の人が立っていた。

パフェスプーンをくわえたまま、あたしはできるだけ体を縮《ちぢ》ませる。いつ来たんだか、全然気づかなかった。

持ち前の特技《とくぎ》を使って瞬間移動《しゅんかんいどう》してきたのは、氷室《ひむろ》先生だった。

「パパー」

ゆきちゃんはうんしょうんしょとソファを横にずれて、パパの席を作った。

氷室《ひむろ》先生はゆきちゃんににっこりしてから席に座《すわ》った。それから、たちまち顔から笑いを追い出し、視線《しせん》の温度を九十度ぐらい下げた。

「報酬《ほうしゅう》は、ぼくが支払《しはら》います」

いきなりいって、メガネの奥《おく》の目をきょろっとさせた。

ふっ、とひぐっちゃんが鼻で笑った。

声しか聞こえなかったけど、相手を怒《おこ》らせるために研究しました、って感じの笑い。あんな笑い方されたら、あたしなら瞬間《しゅんかん》にトルネードパンチを顔面にめりこませてやる。

氷室《ひむろ》先生はパンチはくりださなかったけど、心のほうはずいぶん乱《みだ》れたと思う。ひぐっちゃんから顔をそむけて天井をにらんだ。次にぶすっとテーブルのはしっこを見た。でもすぐに目を真下に向けたり、めんどくさそうに真横を見たりした。

たしかにこれは「面白いもの」だ。手できつく口を押《お》さえないと、あたし、つい声を出して笑っちゃいそうだ。クラスのみんなに見せてあげたい。

まだきょろきょろよそ見をしながら、先生はぶつくさいった。

「正式には、ぼくに報酬《ほうしゅう》を払《はら》う義務《ぎむ》はない。契約《けいやく》書類もないし。それどころか、先日、あなたは娘《むすめ》を危険《きけん》な目にあわせた。それについて、この子の母親と何度も話し合いをした。今回にかぎり、警察《けいさつ》へ届《とど》けるのは見送ったが、今後もう一度でもこういうことが……」

「もうパパ、なんどもいったでしょ」

叱《しか》るみたいに、ゆきちゃんがいった。

「あれは、ゆきがかってにフェンスをのぼって、おりられなくなって、ぐうぜんとおりかかったひぐっちゃんが、たすけてくれたのって」

先生はだまりこんだ。

ひぐっちゃんはコーヒーをかちゃかちゃかちゃかきまわした。たぶん、にやにやしている。去年の家庭訪問《かていほうもん》のこととか、こないだの校庭のこととかを思い出して。

「そうだそうだ、おれはたらたらイヤミをいわれるために、ここへ来たんじゃない。大事な依頼者《いらいしゃ》さまと話をするために来たんだぞ。気に入らねえんだったら、帰れ帰れ」

やっぱこのおっさん、クラスのアホ男子と同レベルだわ。

「で、ゆきと、このセンセがいっしょにいるってことは、うまくいったんだな？」

ゆきちゃんは大きくうなずいた。

「うん。ママがね、ゆきがあいたいときにはいつでも、パパにあっていいよっていったよ。めいたんていさんのおかげだよ」

「そりゃ、どうも」

ひぐっちゃんはカップをかちゃかちゃさせた。

「なら、ぼくは依頼者《いらいしゃ》さまから、成功報酬《せいこうほうしゅう》をお支払《しはら》いいただいてもかまいませんよねえ」

先生はハンカチでおでこの汗《あせ》をぬぐった。

「だから、報酬《ほうしゅう》はぼくが支払《しはら》います。あなたが何をしたのか、しなかったのか、こちらには判断《はんだん》のしようがない。しかし、この子の母親の態度《たいど》が改まったのは事実だ」

ひぐっちゃんはコートのポケットを探《さぐ》ってるらしい。くしゃくしゃ紙の音がした。

「ならこれ、報酬額《ほうしゅうがく》と必要経費《けいひ》の明細ね。よく読んで、内容《ないよう》に異議《いぎ》なき場合にはこちらの口座《こうざ》に振《ふ》り込《こ》んでください。なるべく早めにお願い、センセ」

ゆきちゃんがそっとパパの手に手を重ねた。その手をぎゅっとにぎりしめながら、先生は紙を読んだ。読み終わると、きちんと折ってスーツの胸《むね》ポケットに入れた。

「わかりました。このままの金額《きんがく》を早急に振《ふ》り込《こ》みます」

「まいどありー、それと」

ひぐっちゃんはコーヒーをひと口飲んだ。かちゃんとカップを置く。

「勝手ながら、もうひとつ調査《ちょうさ》させてもらった」

よくわからないっていうふうに、先生は顔を上げる。

ひぐっちゃんはテキトーな感じでいう。

「あー、これについては報酬《ほうしゅう》はいらない。特別サービスにしとく」

それから、急にマジメな声になった。

「例の母親の婚約者《こんやくしゃ》、つまりゆきの新しきパパ候補生《こうほせい》、神田晃《かんだあきら》についてだ。勤務先《きんむさき》、出身校、友人、親戚《しんせき》、近所の住民を調べ、一週間ほど本人を尾行《びこう》してみた。先生が心配するようなことはないと思う。もっとも人間なんてものはいろんな面があるし、それを外から完全に見抜《みぬ》くことは不可能《ふかのう》だ。けど、調査《ちょうさ》の結果と、おれの長年のカンと経験《けいけん》を総合《そうごう》したら、まずあの男は大丈夫《だいじょうぶ》だ。男性《だんせい》としての魅力《みりょく》はそれほどではないが、家庭で心配な面はないはずだ。たとえば、妻《つま》の連れ子に暴力《ぼうりょく》をふるうとか、そういうことはできない人間だ」

ひぐっちゃんはちょっと笑って、ゆきちゃんを見た。

「このことに異論《いろん》はないかね、おじょうさん」

ゆきちゃんは顔を真っ赤にした。

「うん……あのね、パパ、カンダさんは、ほんとはいっかいも、ゆきをぶったりしてません。こないだはゆき、パパといっしょにいたくて、うそをいいました。おこる？」

先生は無表情《むひょうじょう》だ。まっすぐ前を向いたまま、となりのゆきちゃんをぎゅっとだきよせた。

「パパ、くるしい」

先生はぱっと、ゆきちゃんを放し、あたふたわかりやすくあわてた。

「あ、ごめん、全然、全然、怒《おこ》ってなんかいないよ……あ、あ、いや、うそは、うそはとてもよくない、でも、そのときの状況《じょうきょう》がゆきに……いや、このことはあとで冷静に、ゆっくり話し合おう」

「うん、パパごめんなさい、もううそはつかないから」

ゆきちゃんは真っ赤な顔で、こっくりうなずく。

先生の顔もなんだか赤い。あたふた動かしてた腕《うで》がゆっくりになって、やがてすっかり止まってしまった。電池が切れちゃったみたいに、無表情《むひょうじょう》にだまりこんだ。

ひぐっちゃんが先生の目の前で、ちらちら手のひらをふったけど、それでも動かない。

そんな先生を放って、ひぐっちゃんはゆきちゃんに聞いた。

「おじょうさん、これからのご予定は？」

ゆきちゃんはぱっと笑う。

「うん。これからパスタたべにいってー、それから、パパのおうちにおとまりするの。そいで、あしたはローリーポーリーパーティーだよ」

「そりゃあ、すてきなびっしりスケジュールだな」

「ひぐっちゃんもいっしょにくる？　きっとおもしろいよ」

あたしはぴくっとする。

けど、ひぐっちゃんは手のひらを左右にふる。

「とーんでもない。きみのおとうさん、おれをいじめるんだもん」

「うそだあ」

ふたりはまた、デート中のカップルみたいに笑い合った。

がちゃん!

テーブルの上で、カップが大きくふるえた。

氷室《ひむろ》先生がいきなり立ち上がっていた。肩《かた》がぶるぶるぶるえている。

カフェにいたお客さんと店員さんの全員が、会話をやめて先生を見た。

あたしもゆきちゃんも固まってる。

しいん、と手でさわれるぐらい、あたりは静まった。

「樋口《ひぐち》さん」

うめくみたいな声で、先生はつぶやいた。

今度は、ひぐっちゃんがあたふたする。

「うわ、なななんだよ、やんのか、おい」

ぶたれる前の子どもみたいに、腕《うで》を上げてガードの姿勢《しせい》をとった。

でも、その必要はなかったみたい。

「どうも、ありがとう、ございました」

氷室《ひむろ》先生は静かに腰《こし》を折り曲げて、深いおじぎをした。

ひぐっちゃんはきょろきょろまわりを気にする。

「……よせよ、なんのプレイだよ、先生」

先生は頭を上げた。いつものクールな表情《ひょうじょう》にもどっていた。

「それでは失礼いたします。さあ行くよ、ゆき」

ゆきちゃんも立ち上がって、氷室《ひむろ》先生と手をつないで出ていく。

カフェを出るまで、ゆきちゃんはずっとひぐっちゃんにぶんぶん手をふっていた。


あたしはパフェを見た。すっかり溶《と》けて、マーブル模様《もよう》のシェークになっちゃった。ずるずる飲んで、底に沈《しず》んでたチェリーとバナナをきっちり片《かた》づけてから、席を移動《いどう》した。

ひぐっちゃんはソファにもたれて、コーヒーを飲んでいた。カップの底から、コーヒーがぽたぽたたれた。お皿やテーブルにもこぼれてるけど、気にしてないみたい。

あたしが向かい側に座《すわ》ったら、ゆっくり顔を上げた。

「お楽しみいただけました？」

テーブルのきれいなところを選んで、あたしは両方のひじをつき、手に顔を乗せた。

「あたしはさー、てっきりさー」

「なんだ、やさぐれてんのな、みずきさん」

「あのパパとママが仲直りして、もとのとおりくっつくと思ったんだけどなー。名探偵《めいたんてい》の魔法《まほう》で、ちょちょいのちょい、って」

名探偵《めいたんてい》の鼻先で、透明《とうめい》の魔法《まほう》バトンをくるんとまわした。

ひぐっちゃんは腕《うで》を組んで、はっ、とひとつ息を吐《は》いた。

「ばっかじゃね？　そんな魔法《まほう》あったら、こっちが教えてほしいわ」

あたしは長めにため息をつく。

「ねえ、依頼者《いらいしゃ》さんとずいぶん、仲よさげだったね」

ひぐっちゃんは平気な顔で答えた。

「そうさ、おれら何度もデートした仲だからな。パパと会えるようにするためには、どうしたらいいのか？　って」

あたしはまた口をとんがらかせる。

「あ、そう。でもよくもまあ、おっさんは誘拐犯《ゆうかいはん》で通報《つうほう》されなかったと思うよ」

ひぐっちゃんは首をすくめて、くく、と笑った。

「あの子は、ああ見えて意外とやる。ちょくちょく学校をサボってるんだって。本当は、あんなフェンスなんぞ、目ぇつぶってたって乗りこえられる。芝居《しばい》も上手だったろ？」

「芝居《しばい》？」

「そうだ、全部お芝居《しばい》。まずゆきが、パパとママのそれぞれに『いまがっこうのうらよ、おおいそぎできて』って、必死な声で電話をかける。ここで大事なのは、パパとママがかけつけるタイミングをそろえるってことだ。おれがあの子をかかえて、フェンスのてっぺんにいるところを、ふたりがいっしょに目撃《もくげき》しないと意味がないからな。パパとママ、同時にびっくりさせなけりゃ。そこのスケジュール調整は苦労したぜ」

「たしかにびっくりした」

あたしはテーブルに手をついて身を乗り出す。

「けど、なんで、ひぐっちゃんが誘拐犯《ゆうかいはん》になんなきゃいけないの？　登れるんだったら、ゆきちゃんがひとりで登って、『わあこわーいたすけてー』ってお芝居《しばい》でもなんでもすりゃいいんじゃん。つうか、なんでそんなお芝居《しばい》する必要があんの？　ひぐっちゃん、あのとき警察《けいさつ》にタイホされてもおかしくなかったんだよ。そんなの……」

そのときの気持ちを思い出して、あたしの胸《むね》はどきどきした。

「すごくイヤだ、こわかった」

ひぐっちゃんは首すじをぼりぼりかく。

「されっこねえよ。そこらへんは計算ずみなの」

いや、フッー捕《つか》まえるでしょ。こいつを見逃《みのが》すなんて、この国の警察《けいさつ》うっかりしすぎ。

「ゆきがひとりで登るんじゃダメなんだ。この芝居《しばい》には、どうしても悪役が必要だからだ。

うーん、こっからはかなり科学的な話になるぞ」

あたしを見て、まゆ毛を片方《かたほう》上げた。

「みずきの頭と成績《せいせき》じゃ、無理だろなあ……」

「あんだとお」

あたしに顔をべちべちたたかれながら、ひぐっちゃんは変なことをいいだした。

「さて、問題です。ここに、A、B、Cの三人がいるとして、AとBを仲よくさせるには
どうしたらいいでしょう?」

あたしはべちべちたたく手を止めた。

「そんなこと、やろうと思っても、うまくできないよ」

ひぐっちゃんは麦わらみたいな髪《かみ》をきどったふうになでつけた。

「できるんだ、心理学を応用《おうよう》すればね」

あたしは腕《うで》を組んでしばらく考えた。ばかとか頭と成績《せいせき》がどうとかいわれたんで、くやしいので、うーんと考えた。うーんと考えたけど……結局よくわかんない。

「Aさん、Bさん、Cさんのこと、どんな人だか全然知らないんだもん、やっぱ無理」

ふっ、とひぐっちゃんは鼻で笑う。さっき氷室《ひむろ》先生にかましたぐらい、見事にむかつく笑い方だ。

「降参《こうさん》って素直《すなお》にいえよ。申《もう》し訳《わけ》ございませんでした、常日頃《つねひごろ》からわたしの態度《たいど》は悪うございました、これからは反省して、一生ひぐっちゃんを敬《うやま》いますと……」

もちろん、あたしは氷室《ひむろ》先生みたいにスルーしない。ひぐっちゃんのまだひっかき傷《きず》の残る手の甲《こう》に、ぎゅううううっとつめを立ててやった。

「あう」

ひぐっちゃんはあしかみたいな声を上げたけど、あたしはようしゃしない。

「くだらないこといってないで、早く教えろ」

「みずきさん、それ人にモノを教わる態度《たいど》？　凶暴《きょうぼう》なところは誰《だれ》かにホントそっくりだぜ」

ひぐっちゃんはぶつくさいいながらだけど、やっとこ教える気にはなったみたい。

「AとBを仲よくさせたいなら、Cがイヤなやつになればいい。AとBは、Cの悪口をいい合ってるうちにすごく仲よくなる。誰《だれ》かの悪口って、友だちどうしで盛《も》り上がんべ？」

あたしは指を口にあてて、ちょっと考える。

「……うん。あんなとかほかの子と、アイスマンの悪口いってると、たしかに盛《も》り上がる」

あたしを用心してか、ひぐっちゃんは手をひっこめ、ソファにぴったり背中《せなか》をつける。

「だべ？　共通の敵《てき》がいると、結束して仲よくなる。これが心理学でいう、認知的均衡理《にんちてききんこうり》論《ろん》ってやつだな。別名『泣いた赤おに』作戦！　はいここ、テストに出まーす」

透明《とうめい》のチョークで透明《とうめい》の黒板に三角形を書いて、ばーんとたたいた。

ひぐっちゃんのキャラ設定《せってい》はよくわかんないけど、『泣いた赤おに』って、たしかに、赤おにが人間と仲よくなるために、青おにがわざと人間に意地悪するお話だっけか……。

あたしは細目になる。ひぐっちゃんがえらそうにいえばいうほど、信用できない。

「ホントにあんの？　そんな理論《りろん》。なんか作ってるっぽいし」

ひぐっちゃんはもう先生ごっこにあきたみたい。ゆるゆるコーヒーを飲む。

「なんとでもいえ。実際《じっさい》に役立ちゃ文句《もんく》はないの」

あたしの頭の中に、ぱっと、A・B・Cの三角形が浮《う》かんだ。

「あ！　AとBが、ゆきちゃんのパパとママで、きらわれもののCが、ひぐっちゃん？」

ひぐっちゃんは首すじをぼりぼりかいて、にやっと笑う。

「やっとわかったの？　だからいったろ、悪役が必要だって」

「たしかに、先生とママはひぐっちゃんのこと悪くいってた。そのせいで、あのふたりが仲よくなったっていうの？」

「答えは今日出た。みずきさんのご指摘《してき》のとおり、魔法《まほう》じゃないんで、ぴったりもとどおりってわけにはいかなかったけど。ま、大人にゃいろいろあるからな」

ほおづえをつきながら、あたしはしばらく考えた。

「ひぐっちゃんはそれで平気なの？　あたしは……」

ぱっと立ち上がって、ひぐっちゃんのとなりの席に座《すわ》る。

「でもまあ、名探偵《めいたんてい》さん。君はよくやったよ。よしよし」

麦わら色のぼさぼさ頭をなでてあげた。

「くっつくなよ、ばか」

ひぐっちゃんはあたしの反対側を向いちゃった。

その後のはなし

こんにちは、みずきだよ。

『あたしとひぐっちゃんの探偵日記《たんていダイアリー》』を、またまた読んでくれて、どうも、どうも、どうも、ありがとう！


その後、あたしはとっても元気です。

あんなといっしょに学校に行ったり遊んだり、スカシの洋《ひろし》をはたいたり、斉藤太郎《さいとうたろう》たちと野球したり、氷室《ひむろ》先生の零下《れいか》五十度の視線《しせん》をよけたりしてます。

氷室《ひむろ》先生はちっとも変わらずにきびしいです。でも、あたしはゆきちゃんにでれでれの先生の顔を覚えているので、授業中《じゅぎょうちゅう》、ついつい笑っちゃいそうになります。まあ、あたしはプロの探偵《たんてい》助手なので、そのことは、絶対誰《ぜったいだれ》にもいいませんけど。

ひぐっちゃんもなんとか元気。あいかわらず仕事はしてないっぽくて、おばあちゃんに聞いたら、毎日だらだらお昼すぎまで寝《ね》てるらしいよ。

あと、多摩川《たまがわ》さんはたまにうちにごはんを食べに来たり、休みの日におかあさんとあたしとで映画《えいが》とか買い物に行ったりしてます。前よりかは、多摩川《たまがわ》さんといっしょにいると楽しいし、おしゃべりもできるようになりました。

多摩川《たまがわ》さんとおかあさんが、この先結婚《けっこん》するかどうかはまだ聞いてないけど。あたしの気持ちは……うーん、まだよくわかんない。聞かれてからゆっくり考えようっと。

あ、そうだ忘《わす》れてた！　多摩川《たまがわ》さん、ローリーポーリーパーティーに連れてってくれるって約束したよね？　ひぐっちゃん、誘《さそ》ったらいっしょに行くかな？

今度聞いてみようっと。


そんなこんなで、毎日楽しくがんばっているみずきでした。

また会えたらいいね。

そんじゃーね、ばいばーい！

【初出】
小説投稿サイト「エブリスタ」にて2018年3月発表。
単行本化にあたり、加筆・修正をおこないました。

装画・挿絵★嶽まいこ
装丁★アルビレオ

櫻井とりお

さくらいとりお

京都市生まれ。放送大学教養学部卒。

東京都内区役所在職中、およそ10年間公立図書館に勤務。

2018年第1回氷室冴子青春文学賞大賞を受賞、19年『虹いろ図書館のへびおとこ』（河出書房新社）でデビュー。

著書に『虹いろ図書館』シリーズ（河出書房新社）、『あたしとひぐっちゃんの探偵日記《ダイアリー》』シリーズ（小学館）、『図書室の奥は』シリーズ、『ことわざハンター』（PHP研究所）などがある。

あたしとひぐっちゃんの探偵日記《ダイアリー》

先生は誘拐犯？

2024年12月18日　初版第1刷発行

著者　櫻井とりお

発行人　畑中雅美

編集人　杉浦宏依

編集　伊藤 澄

発行所　株式会社小学館
〒101-8001 東京都千代田区一ツ橋2-3-1
電話　03-3230-5105（編集）　03-5281-3555（販売）

印刷・製本　TOPPANクロレ株式会社

ISBN 978-4-09-289336-8